U0466716

刘先平大自然文学文集典藏

一个人的绿龟岛

刘先平 ◎ 著

刘先平大自然文学典藏文集

2013年，第二次来到内蒙古呼仑贝尔大草原。

刘先平，1938年11月生于安徽省肥东县长临河西边湖村。父母早逝。12岁离家到三河镇当学徒，后在大哥刘先紫的帮助下脱离学徒生活。求学道路坎坷，依靠人民助学金完成学业。1957年毕业于合肥一中。1961年毕业于浙江大学中文系。在合肥师专、合肥六中等校任教师。1972年之后，在安徽省文联任文学刊物编辑、主编。

1957年开始发表作品，先是诗歌、散文，后涉足美学。1963年，因一篇评论再次受到批判，停笔。20世纪70年代中期，跟随野生动物科学考察队野外考察数年。1978年，响应大自然召唤，重新拾起笔来，致力于大自然文学创作与思考……

他被誉为我国"当代大自然文学之父"。

他曾经两次横穿中国，从南北两线走进帕米尔高原。

他曾经三次穿越塔克拉玛干大沙漠，四次探险怒江大峡谷。

他曾经六上青藏高原，多年跋涉在横断山脉。

他曾经两赴西沙群岛，在大自然中凿空探险40多年。

他的代表作有四部描写在野生动物世界探险的长篇小说和几十部大自然探险奇遇故事。

他的作品共荣获国家奖九项（次）。其中有三届中宣部精神文明建设"五个一工程"奖、三届全国优秀儿童文学奖……

2010年，安徽省人民政府建立并授牌"刘先平大自然文学工作室"。

他2010年获国际安徒生奖提名。

他2011年、2012年连续两年被列为林格伦文学奖候选人。

他2018年获首届中国自然好书奖。

他2019年获第三届比安基国际文学奖。

他历任安徽省人民政府参事、安徽省政协常委和人口与资源环境委员会副主任、安徽省作家协会常务副主席、中国野生动物保护协会理事。现为中国作家协会名誉委员。1992年，国务院授予其"突出贡献专家"称号。享受国务院政府津贴。

刘先平大自然文学文集典藏

一个人的绿龟岛

刘先平 ◎ 著

时代出版传媒股份有限公司
安徽文艺出版社

图书在版编目（CIP）数据

一个人的绿龟岛/刘先平著．――合肥：安徽文艺出版社，2021.6
（刘先平大自然文学文集典藏）
ISBN 978-7-5396-7155-0

Ⅰ．①一… Ⅱ．①刘… Ⅲ．①长篇小说－中国－当代 Ⅳ．①I247.5

中国版本图书馆CIP数据核字(2021)第 023348 号

出 版 人：段晓静
策　　划：朱寒冬　姚巍　　统　筹：宋晓津　张妍妍
责任编辑：姚爱云　张妍妍　　装帧设计：张诚鑫

出版发行：时代出版传媒股份有限公司　www.press-mart.com
　　　　　安徽文艺出版社　www.awpub.com
地　　址：合肥市翡翠路 1118 号　邮政编码：230071
营 销 部：(0551)63533889
印　　制：三河市华东印刷有限公司　(010)61594404

开本：700×1000　1/16　印张：10.25　字数：200 千字
版次：2021 年 6 月第 1 版
印次：2022 年 1 月第 1 次印刷
定价：1200.00(精装，全 15 册)

(如发现印装质量问题，影响阅读，请与出版社联系调换)
版权所有，侵权必究

卷首语

我在大自然中跋涉四十多年,写了几十部作品,其实只是在做一件事:呼唤生态道德——在面临生态危机的世界,展现大自然和生命的壮美。因为只有生态道德才是维系人与自然血脉相连的纽带。我坚信,只有人们以生态道德修身济国,人与自然和谐之花才会遍地开放。

——刘先平

序

呼唤生态道德

生态道德的缺失，造成了我们生存环境的危机。

感谢大自然！在山野跋涉的三十多年中，大自然给予了我最生动、深刻的生态道德教育，因而无论是我的描写在大熊猫、相思鸟世界探险的长篇小说，还是在野生动植物世界探险的奇遇，都是努力宣扬生态道德的伟大，呼唤生态道德在人们心间生根、发芽。

环境危机重压着世界已是不争的事实，人们都在纷纷追究其原因，并寻找济世的良方。环境危机实际上是生态危机。

建设生态文明，中国为世界树立了榜样，具有划时代的意义。生态文明的建设，必然呼唤生态法律的完善、生态道德的树立，从根本上消解环境危机，保护、营造良好的生态。

法律和道德是一切文明的两大支柱，也是人类文明的标志。几千年来，我们已有了处理人与人之间、人与社会之间关系的行为规范、法律法规、道德准则，却根本没有处理人与自然关系的行为规范。按《辞海》(1979年版)中"道德"的释文："道德是一定社会调节人们之间以及个人和社会之间的关系的行为规范的总和。"这足以证明：人与自然之间的关系根本未被纳入"道德"的范畴，缺失了生态道德；或者说，生态道德在这之前，根本没有进入我们的观念。这是认识的失误。

"生态"一词的出现,至今不过二百来年的历史,而生态与人、与生存环境的紧密关联,在时间上则是更近的事情。这也从另一个侧面反映了人类在认识自然、认识人与自然、认识人与环境方面的重大失误,更加说明了树立生态道德的紧迫和重要!如果不能在全社会牢固地树立生态道德的观念,就无法建设生态文明和人与自然和谐的社会。

正是生态道德的缺失,成了产生环境危机的重要原因。长期以来,我们在处理人与自然关系方面,根本没有建立系统的行为规范、树立道德,法律也严重滞后;因而对大自然进行了无情的掠夺,无视其他生命的权利,任意倾倒垃圾,没有预后评估、监测地滥用科技,造成了环境污染、资源枯竭、生态失去平衡,以致受到大自然的严厉惩罚,直到危及人类本身的生存,才迫使人类重新审视与自然的关系,规范人与自然关系的法律和生态道德才得以突显。强调生态道德,在于强调、突出它比之于其他道德的鲜明特点——人与自然的关系。我们急需建立对于自然应具有的行为规范,以调节人与自然之间的关系,消解环境危机,建设人与自然的和谐。这是时代向我们提出的重大命题。

比较而言,树立生态道德比制定、完善生态法律,有着更为艰巨的一面。法律是"由立法机关或国家机关制定,国家政权保证执行的行为规则的总和",而道德是公民应具有的修养、品质,带有自觉或自我的约束。当然,对法律的遵守,也是修养和道德的表现。法律可以明令从哪一天开始执行或终止,但同样的方法并不适用于道德。比如某一行为并不违背法律,但违背了道德。这大约也就是媒体纷纷设立"道德法庭"的原因。生态道德在全社会的树立,是个艰难而长期的任务,需要启蒙和培养的过程,对一个人说来甚至是终生的,需要全体公民的参与和努力。

三十多年来在大自然的考察,七十多年的人生经历,使我逐渐深刻地认识到树立生态道德的重要、紧迫。三十多年前我所描写的青山绿水,现在已有不少面目全非。大片原始森林被砍伐了,很多小溪小河都已退化或干涸,有些物种消亡了……

记得1981年第一次到西部去,云南的滇池,四川的岷江、大渡河、若尔盖湿地……美丽而壮阔的景象,使我心潮澎湃。滇池早已污染、水臭。2007年10月,再去川西,所经岷江、大渡河流域,到处在建水电站,层层拦江垒坝。在一个山村水电站工地,村民忧心忡忡地诉说:大坝建成后,村前的小河将干涸,到哪去找吃的水啊?!这种只顾眼前的利益,无序、愚蠢的"改造自然",对整个生态系统的破坏已有显示。我国最大的高寒泥炭沼泽湿地若尔盖,泥炭层最深达9米,它在雨季吸水,干季溢水,1千克干泥炭可吸蓄8—12千克的水。它是黄河上游的蓄水库,蓄水量相当于三个葛洲坝。枯水季节,黄河水的30%(一说40%)是由这里补给的。但在20世纪曾挖沟沥水采掘泥炭。现在湿地已大面积退化为草原,沙化、鼠害严重。最发人深省的是,在这里拍摄红军战士过草地时,竟然无法找到深陷的沼泽,只好人工制造。黄河屡屡断流,当然不足为怪了!

水是生命的源泉。水的污染给整个生物链带来的是灾难性的影响,使人类的健康、生命处于极不安全的状态。中国五大淡水湖是长江中下游湖泊群的代表,是中国人口最为密集地区的生命线,号称"鱼米之乡"。但只经历了短短的二十多年,其中的太湖、巢湖,已是一湖臭水,根本无法饮用。其他的也都面临着湖面缩小、污染等生态恶化。在经济发达的长三角、珠三角,水污染更是触目惊心。

大自然养育了人类,可我们缺失了感恩,缺失了对其他生命的尊重,妄自尊大,胡作非为。当人类对自然缺失了道德时,自然也会还之以十倍的惩罚!

我曾立志要为祖国秀丽的山河谱写壮美的诗篇,但只是短短的二三十年,我所描写的山川河流不少都已是"历史""老照片"。

我曾冒着种种的危险和艰难,在野生动植物世界探险,无论是描写滇金丝猴、梅花鹿、黑叶猴还是红树林、大树杜鹃,都是为了歌颂生命的美丽,但是总也避免不了生命的悲壮——它们在人类的猎杀、砍伐、压迫下苦苦挣扎。即如每年要进行一次宏伟生育大迁徙的藏羚羊，或是给人类带来福祉的麝，或是山野中呼唤爱的黑麂……都无可避免地遭受着厄运。它们生存的空间，正被人类蚕食、掠夺。

这使我无限忧伤、愤怒，更加努力地呼唤生态道德的树立，也更寄希望于孩子。

正是大自然的生存状态，激起了我决心在一些作品之后写下后记，为过去，为未来，立此存照。

三十多年来，大自然以真挚、纯朴、无比的热情，接纳了我这个跋涉者，倾诉、抚慰……结下了深厚的友谊。

热爱生命，尊重生命，热爱自然，保护自然，保护环境，应是生态道德最基本的范畴。

我们来自自然，与自然有着血肉相联的关系。人类初期对自然是顶礼膜拜的。很多的部落，将动物的形象作为图腾。我们的祖先，对人和自然关系的认识，曾有过很多智慧的表述，如"天人合一"、盘古开天地的创世纪之说等等，至今仍是经典。

从世界教育史考察，对自然的认识，一直是教育的最基本、最经典的内容，讲述天体气象、山川河流、森林、环境和资源等等。以人类生存的环境、人类在自然中的位置作为人生的启蒙，在孩子们幼小的心灵中培植对生命的热爱、对自然的感恩。但这种优良的传统，随着人类社会、经济，尤其是科学技术的发展，逐渐淡化或消失。城市钢筋水泥的建筑，活生生地切断了孩子们与自然的联系。现在城里的孩子不知稻、麦为何物已不是怪事，甚至连看到蚂蚁也发出了惊呼。缺失生态道德的社会、科学技术的发展，不仅使自然失去了自然，更为可怕的是使孩子们失去了自然。

我希望用大自然探险奇遇，还给孩子一个真实的大自然世界，激活人类曾有的记忆,接通与大自然相连的血脉,接受生态道德的洗礼、启蒙,同时,启迪智慧的成长。大自然是人类的母亲,请千万不要忘记,大自然也是知识之源,正是在人类不断探索自然的奥秘中,科学技术才发展到辉煌灿烂。即使到今天,生命起源仍是最艰难的课题。

  道德是一个人的品质、修养、不朽的精神。道德力量的伟大,犹如日月星辰。我一直坚信,只有人们以生态道德修身济国,人与自然和谐之花才会遍地开放。

2008 年 4 月 2 日

目　录

卷首语 / 001

序　呼唤生态道德 / 002

第一章　绿龟岛——海市蜃楼? / 001

　　探险绿龟岛 / 001

　　海洋中居然有河流? / 010

第二章　夜海奇遇 / 017

　　滨珊瑚上的海贝博物馆 / 017

　　有能跳会蹦的螃蟹? / 022

　　群鱼在飞翔 / 029

　　窜来的海蛇阵 / 034

　　恐怖的海魔 / 037

第三章　潜海花絮 / 042

　　珊瑚狂舞 / 042

　　鹦鹉鱼下沙 / 047

　　惹不起 / 052

　　碰不得 / 057

001

第四章　星星海 / 066

　　海底夜行客 / 066

　　隐形杀手 / 070

　　齿舌——武器 / 072

　　鱼也套睡袋？/ 075

　　螺壳上的宇宙演变 / 077

　　珊瑚卫士 / 081

　　跳摇摆舞的 / 084

第五章　绿龟岛奇幻 / 088

　　再探绿龟岛 / 088

　　鲨鱼伏袭 / 099

　　软着陆 / 105

　　海盗出没 / 110

第六章　一个人的绿龟岛 / 114

　　遭遇海难 / 114

　　我被扔到了潟湖 / 118

　　患难之交——哨兵 / 126

　　美得让你毛骨悚然 / 133

　　海龟领航 / 137

　　谁来拉船？/ 142

　　梦想 / 146

附录　刘先平四十多年大自然考察、探险主要经历 / 151

第一章　绿龟岛——海市蜃楼？

探险绿龟岛

　　面对世界地图，我常感到五大洲就是漂浮在蔚蓝海洋中的岛屿。南海的西沙群岛，犹如西太平洋上漂浮的绿叶。太平洋是世界上最大的海洋，那一汪蔚蓝是天造地设的壮阔的、变幻无穷的绘画，日出时，大海燃烧、辉煌灿烂；明月升空时，如少女娴静妩媚。

　　那蓝色更是匪夷所思地变幻，蔚蓝、湛蓝、钢蓝、湖蓝、宝石蓝、靛青……

　　在阳光的辉映中，呈现出赤、橙、黄、绿、青、蓝、紫相融相映的迷离……

　　在西沙群岛，我们每天都沉浸在海的呼唤中，都在海边看画……

　　未到过南海，不算认识了海……

　　海洋学家说，即使科学发展到今天，人类对海洋的认识只有1%，最多也只有5%。可见还有多少神奇在等待我们。

　　下午，我和李老师从西沙永兴岛出发，沿着椰林、羊角树中的林荫道到石岛礁盘上去寻找石头鱼。石岛和永兴岛长在一个珊瑚礁盘上，原来有水相隔，后来填海修了一条路，才将两岛连在了一起，免去乘船或涉水了。

昨天,在这里,李老师毫无来由地指着水下礁石边的一块石头要我看。南海海水透明度高,我看了半天,不就是2米多深下的一块礁石吗?于是说:"不就是颜色稍黄一些吗?还能像昆仑山一样产玉?"

"你胡扯到哪里了?再看,看它的头前,像不像长着两只眼?"

放在远处的手机响了。因为防止手机掉到海里,我们在海边总是把手机放在安全的地方。

我回了一句"还三只眼哩",就跑去接电话。可铃声已停了。一看是陌生的号码,心想,肯定不是问要不要买房,就是问要不要买进口的纸尿裤。在这远离大陆三百多千米的小岛上,也免不了骚扰电话,真是可气!

李老师还在盯着那里:"快看,我刚看到它动了。"

真的,它好像是从礁洞中往外移动了一些,也确实有些鱼的模样,可我……

突然,一条鱼冲来,只听哗啦一声,海中爆起了大大的水花。大鱼不见了,那块"礁石"也不见了……

它是被鱼一口吞了,还是又缩回礁洞中?

我们等了一个多小时还是失望而归。

后来问渔民阿山,他说那确实是鱼,名字就叫"石头鱼"。

我说:"难道真有石头样的鱼?"

他说:"它可是钓鱼高手。"

"比你还高明?"

"当然,它是拟态大师,骗术高超。它嘴大,舌头细,很长,舌尖却是一团小鲜肉,红红的,伸出来,在海水中上下左右忽悠作钓饵,哪条鱼来抢食,它就张开大嘴,一口吞下。像块石头,以逸待劳,守株待兔,哪像我还要泡在海里,风吹浪打!"

手机又响了,我赶紧跑去接。是渔民阿山打来的。

我说:"刚才电话是你打的?怎么又换了新号码?"

"我顺手用了阿惠的手机。大叔,晚上有安排吗?"

"是请我们吃龙虾还是苏眉鱼?"

"你怎么净想吃?"

这小子知道我好吃,经常用美食馋我、开涮,我于是没好气地说:"没好吃的问我干吗?小谭晚上请我吃鲍鱼,他昨天从北礁捡了二十多只,大的有半斤重。"

"馋得我都滴口水了。那小子红运当头,半斤重鲍鱼?五六百元一只哩!捞海的两三年能碰到一两只也稀罕。那我一个人去海龟岛了,别说我没讲……"

"什么?什么?今晚去海龟岛?"

"看海龟总比不了吃鲍鱼呀!它可是贝类鲜大王……"

"这么大的风能出海?你净拿我寻开心,肯定是小谭没请你。"

"你不信我能掐会算?还是去吃你的鲍鱼吧!免得徒有美食家虚名。"

"别,别!算我误解了。几点钟在港口集合?"

他的话,让我猛然想起他挂在身上的宝贝。

李老师称阿山是"精英渔民",将大海的无限神秘藏在风趣甚至天真顽皮中。

阿山无愧于李老师授给他的"精英渔民",他是神钓手。

永兴岛的渔村,掩映在岛的西南面的椰林中,只要走进去,浓烈的海洋文化气息就扑面而来。

长期的渔猎生活,使渔民的分工明确、专业:捞海(拾海)的、海钓的、网捕的,各司其业。闯荡南沙群岛、西沙群岛的渔民,大多来自海南岛的谭门和文昌。一些老渔民说,他们都是在十六七岁时,就跟着父辈到风急浪高的南海讨生活。对他们说来,南沙群岛、西沙群岛、东沙群岛,就是祖辈传承的耕耘的土地、海上牧场。只有男人才下海捕鱼,也有妇女,但都是帮助丈夫做好后勤工作。正是这些无畏的"海男",创造了一种独特的海洋文化——当然,这是由南海的特殊环境所决定的:其一,东沙群岛、西沙群岛、南沙群岛都是珊瑚虫创造的珊瑚礁,礁盘很大,只有一小部分露出海面才成了岛。渔场大多是在珊瑚岛礁的周边,因为珊瑚礁生态系统是热带海洋的生态系统,被誉为海底热带雨林,生物多样性丰富,有五千至八千种鱼在此栖息、生活。其二,是南海海水的透明度高,八米至二十米的海底可以看得很清楚。

捞海的,主要是看到了海底的海参、鲍鱼、砗磲、螺、贝……在尚未出现潜水器之前,只能憋着一口气,一个猛子扎下去,将那些海货捞上来。捕获的多少,就看你憋气的时间能有多长。这是一种风险很大的作业,因为一是人的肺活量有限;二是潜到深海上浮返回时,只要节奏稍有不当,就很容易得一种潜水病。若是水太深,就需用一些自制的、特殊又适用的工具,例如捕海参,即用长柄铁叉……我看到过这些工具,它们都陈列在博物馆中。当然,在退潮后的礁盘赶海,拾些螺贝也可以,只不过多是老人。现在从事捞海的渔民,都有了简易的潜水装备。

网捕的,即用网捕鱼。这是最古老的捕鱼方法,关键是要找到渔场。

海钓的，阿山是钓手。第一次看他在礁盘上钓鱼，就使我这个巢湖边长大的人非常惊奇。他不拿钓竿，只是手提一根钓线，两眼紧紧盯着海底，或俯身入水探察，只要伸手从拴在腰间浮筒上抓一撮饵料，前抛，再手一抖，钓线嗖的一声飞出，钓钩就毫发无差地正中饵料，眨眼之间，一条石斑鱼就出水了。神奇极了，像玩魔术一样，只两三个小时，就钓了二三十斤。关键是找到鱼后，抛饵、投钓的准确性，与飞镖有相似之处。那次在去西沙的海轮上，我亲眼见到他投出钓线后，将漂浮在出海口的水母钓了上来，解决了乘客之间的一场争论。神到甚至无饵也能钓上鱼来。李老师调侃说那是西沙的鱼没见过世面，太傻。傻瓜鱼。要练到百发百中、炉火纯青的境界，绝非一日之功。当然赶鱼汛时，又是一种钓法。

海男们创造的海洋文化，至今还在被沿用。他们创造的渔猎工具，至今还带着下海。

阿山曾提起过发现海龟岛的经历，简直是个无比魔幻、惊魂慑魄的故事。那是一次毫无预兆的海难，晴天霹雳，狂风将小船忽而卷到空中，忽而摔到浪尖，鱼群沸腾……他应了"大难不死，必有后福"。

过去，西沙群岛中有很多岛都是绿海龟的产卵场，但由于滥捕、滥杀，现在已很难见到了；而只有一个神秘的、忽隐忽现的海龟岛，还能看到大群海龟怎样来产卵——是他发现的，也只有他才能找得到。在这茫茫的大海上要找到一个小岛，无异于大海捞针。

我和李老师准时赶到码头。风势似是减了一些，但大海仍然白浪滔天，灯塔基座溅起的水花迷蒙、耀眼，港口的小渔船摇头摆尾。渔船不大。这里的渔民多是在礁盘上捕鱼、拾贝、捡海参，只有到鱼汛时，才挂到大船后，到深海的礁盘上作业。船不大,这样的风浪能出海?

我正在犹疑时,阿山骑摩托车来了,车上装满了家什。

"哎呀呀!你是嫌我活得不自在?"他可着喉咙就对我嚷,"不是一再说不能带阿姨吗?吓唬你?今夜是大冒险,舍命陪大叔……"

"还有鲨鱼、灰鲸、海蛇,还有那次把你卷到天上,按到海里的海魔……你尽拣恐怖的说吧!"李老师毫不示弱。

"还真让你说着了——大海大洋上一切皆有可能。阿姨,好阿姨,你最心疼我了,还是留下来吧。我保证……"

"不带她去的后果你想到了?我也去不成。"我说。

"那就不去了!"阿山说。

"你敢!不就是想要我求你吗?好精英渔民,渔民精英……"李老师展开另一种战法。

我连忙把话题岔开:"能出海?风浪还是这样大,这样的小渔船?"

"现在不走,天黑了,连我也不一定能找到海龟岛。这季节,刮的是东南季风,再有个三四十分钟,风浪肯定小了。"

我连忙去看他挂在裤带上的小饰件——一小节黑不溜秋的海铁树——千真万确,干爽的。这是他父亲传给他的。很多渔民都有,其实这是大海赠予勇敢的渔民的。海铁树,学名叫黑角珊瑚。它是古老珊瑚的一种,生长很慢,如他挂着的大小的,也应是长了几百年了。虽比不上红珊瑚名贵,但也可称宝石级的,珍贵稀有。

海铁树生于深海,要想得到这个宝贝不容易,需要机缘和福分,还要有世故和慧眼,在海滩上识得被风浪打折,刮来的。海洋文化充满了神秘。

它神奇在能预测风雨——天气晴好时,它干干爽爽,若是一湿润,不是狂风就是雨——渔民用它做随身气象台。因此,他神侃"能掐会算",我才急了。

我和李老师连哄带骗,才将阿山搞上了船。一看他不寻常地带了三件救生衣——我们一同出海几次,他从没带过救生衣——又用带子——安全带——把我俩固定在船梆上,心里不禁一紧,这趟海龟岛探险肯定是危机四伏。

船刚出港,一个浪头打来,水花迸飞,犹如暴雨倾盆,我们的衣服都湿了。

"哈哈!一条大鱼!"李老师欢呼,本能地俯身要去捉。

阿山大喊:"别乱动,千万!"

真有一条大鱼随着浪花掉到船上。这家伙大约是被浪打晕了。

平时,满眼蔚蓝、坦荡荡的大海,这时阴沉着脸,只顾吐着愤怒的白沫,激波掀浪,催着小船在波峰浪谷中上蹿下跳,我们简直像是坐在过山车上。没一会儿,李老师已晕得脸色煞白,连我也感到肚子里在翻腾……

突然,阿山唱起了琼剧。虽然是海南方言,但《红色娘子军》的主题曲"向前进,向前进"的韵律还是很高亢的……

不知不觉中,脑子渐渐清醒了。真的,风浪小了。

大海明亮,阳光在海浪上轻快地跳跃。

白云在蓝色的天际悠闲地飘着。

西边的海域灿烂辉煌。

李老师来精神了:"那个海铁树还真神哩!船长,怎么还没见海龟岛?"

阿山说:"老师还向学生提这样的问题?地球是圆的嘛!"

"那……"李老师一时语塞,"你是说海龟岛也是珊瑚礁形成的,不高?"

"要是老远就让人看到了,还算神秘?"阿山说。

正说着话儿,只听船帮刺啦一声,船一歪。

"鱼,大鱼!"

青色的背脊一闪,鱼雷似的抢到船前,划出一条水线。

"是金枪鱼,还是马鲛鱼?"

"金枪。"

"看那边,像是鲨鱼!"

二三十米外,海面上出现了一两个又宽又长的鱼影……

李老师惊呼:"天哪!千万别是旗鱼!这小船肯定经不住它锐利的长嘴,一凿一个洞!"

"是鲨鱼!背鳍像旗帜,才叫旗鱼。这季节旗鱼不大会往这边洄游。"

看到阿山还是顺手拿起了渔叉,我也连忙抓住一根渔叉,说:"你专心开船,别说碰到凶猛无比的旗鱼,就是大的鱼群也不是耍的。"

我想起那次去七连屿,鱼群簇拥在船底,拱得我们的小船忽上忽下,东摇西晃。

"大叔,别贪心,不到万不得已千万别动叉。船小。"

我当然更关心航向。早就听说海龟岛忽隐忽现的神秘,阿山都被迷惑过。今天可千万不能出差错。如此大呼小叫,不时又有浪潮发出余威,可别使阿山迷了心智,否则这么一条小船、如此三位老少,在这茫茫大海上怎么办?心里不由得责备自己轻率,再神往海龟岛,也不能忘了安全。

李老师说:"这么多鱼大集合!它们要干吗?"

"是去赴宴,今晚有盛大的宴会!"阿山说。

"你又神吹了!"

"这个时间是我特意等的、挑的。要不,干吗不等风平浪静的好天气?要是每天都能看到海龟,那还算神奇?等你看了后再说。那时别用'神机妙算'来捧我。"阿山满脸的诡秘、狡黠,带着猎人的得意说。

"看样子快到海龟岛了!"我忽有所悟。

"还是大叔老道。看,那边一圈银色,像朵小白花的不就是海龟岛吗?"

小白花是海浪撞到礁盘的外缘溅起的浪花,银色的圈圈标志着珊瑚礁盘的大小,中间能露出水面的才是岛。

没想到大海上也有在森林中的感觉。是的,我们在丛林中探险多年,费尽了跋涉的辛苦,经受了难耐的焦急,只转过一片密林——嗨,目的地就矗立在面前。是因为海龟岛太神秘才有这方净土,抑或真如阿山所说"地球是圆的"?

海洋上的岛屿要么是地质运动拱起的,要么是火山爆发熔岩堆积形成的,只有珊瑚礁形成的,才是珊瑚用生命创造的神奇。

我国的西沙群岛、中沙群岛、南沙群岛多是珊瑚虫创造的。珊瑚有软珊瑚和石珊瑚,软珊瑚没有外骨骼,石珊瑚是生活在浅海的肉眼难以看见的小动物,它和植物黄藻共生,这种共生的动植物的命运共同体,使它能建造起碳酸钙的外骨骼,犹如生活在安全的城堡中。

生命的轮回,珊瑚虫遗下的外骨骼,经过千万年的累积,终于形成了珊瑚礁。珊瑚礁成了八千多种鱼类以及其他海洋生物的家园,成了海洋中的顶级生态系统,被誉为热带海洋的"热带雨林"、蓝色戈壁中的绿洲。

小岛上没有高耸的岩石,像是一个馒头在大海中忽隐忽现,它应该是珊瑚岛。

西沉的太阳一掷千彩,将万千霞光射向蓝天,多姿多彩的云霓幻化出山峦、虎、豹……无尽的形象,映得大海如繁花似锦的草原。

眺望着在大海中浮浮沉沉的海龟岛,即将揭开的故事——阿山是个说故事的能手,他善于将故事的悬念,今天说一点,过几天再透露一点,绝对引起你无限的向往、期待。

我们就是在这样的向往和期待中,紧紧地盯着那个小岛……

突然,一个浪头打来,小船骤然一歪,舱内进水,侧向疾速而去,犹如飞箭,阿山立足不稳,跌趴到船上,亏得他灵敏,还能将舵转过。

我们也是东倒西歪,要不是有安全带拴着,肯定跌进海里。待到船稍平稳,已被冲走四五百米,李老师脸色煞白,我也惊魂失色,勉强用力拍拍她的肩膀安慰。

惊悚,惊异极了!

海洋中居然有河流?

明明朗朗的乾坤,风和日丽,大海微风细浪,哪来一股巨大的冲击力?

海魔?

没看到魔鬼鱼的身影,或是灰鲸、鲨鱼的迹象!

阿山惊后,却一脸的诡秘,甚至还对我顽皮地眨了眨眼,很似一个顽童恶作剧后的得意……不,比这还要复杂得多。

他将船往回开,兜了个大圈子,航向仍朝海龟岛。

大约又回到原来的航线,阿山审视了一番,说:"大叔、阿姨,手抓好,千万别动!"

说着,就加大了马力。

小船的船头突然翘起,接着一歪,只见阿山灵巧地调整了身形、转舵……船急流而下……

没一会儿,小船终于挣脱,兜了个小圈又回来。

我和李老师惊恐中,谁也没说一句话,只是心中充满了惶惑、疑问。

阿山说:"知道我们碰到谁了?"

我们俩只是面面相觑。

"你们站起来看看,没事!出了事我负责!"

我们站起来审视着海面:是的,海面的颜色有变化,蔚蓝锦缎的大海怎么有了股靛青得泛黑的急流?有二三十米宽,前面看不到头,后面见不到尾。无浪无波,犹如火山熔岩流淌,蕴藏着无穷的力量……

我忽有所悟:"海流!"

阿山惊讶:"还真能有海流、海魔?大叔就是见多识广!"

我看出他是虚张声势。

"海洋不都是一盆水吗?怎么这海中还有河流?你又在忽悠我们了!"李老师惶恐到现在,终于找到了出口。

"海中不仅有洋流,海中还有海哩!不信,你问问大叔。"阿山说。

我对李老师说:"你忘了一句成语——'流水不腐,户枢不蠹'?"

李老师略思忖片刻,说:"你是说,大海大洋也是需要流动的,要不就成了一洋臭水?"

我说:"当然,水体是需要流动的,大海大洋是互相交流补充的;风是海

011

洋交流的最大推手,台风的威力你体验过。再说海洋还受着月球绕着地球转,地球绕着太阳转,地球还有自转等引力的影响,想静止也不可能……"

"是呀!我怎么忘了大海大洋每天都有潮起潮落哩!"李老师说。

"海洋正是依靠海流等进行能量的交换,影响了气候的变化,才创造了生生不息的繁荣……你还记得那年在挪威北极圈海边看到的景象吗?"我说。

李老师去寻找记忆,乐了:"是大旋涡吧?把我们看晕了——那样疾速旋转的水流。真的,海洋里还有旋涡。据说是1968年10月,在'阿波罗'飞船上,宇航员第一次为人类看到海洋上巨大的旋涡。不错,我想起了著名的台湾东部的黑潮、墨西哥湾暖流。正是寒流、暖流的交汇造就了丰富的渔场。这样的洋流多吗?"李老师说。

"多哩。著名的洋流,每个大洋都有一二十条,小的还不计。它们就像人类身体中的血管,布满大海大洋。"

看到她还要追问,我接着说:"确实,洋流还有寒流和暖流之分,直接改变了沿岸的气候。其实它还蕴含着巨大的能量。据说墨西哥湾暖流最宽处有六十到八十千米,厚度有七百多米,总流量三千多万到九千多万立方米每秒,比黑潮要大一倍……"

"这不是能发电了吗?对呀,海流像河流,水电站不就是利用水力吗?有意思,真是长了见识。"阿山很兴奋。

直到我们真的到了海龟岛,才明白他兴奋的原因,真是言者无意,听者有心。

李老师说:"精英渔民,你在转悠啥?眼看太阳就要掉到海里了,海龟岛可望而不可即,黑夜在大海瞎闯肯定不好玩。"

真的,晚霞、海上浮起的水汽、洋溢的五光十色,将海龟岛笼罩在神秘中。

"我不是在找上岛的水道吗?"阿山装得很无辜。其实,我看到他心里又急又无奈。

听着他说的话,我心里萌出的疑虑被点燃了:"你是第一次来?"

阿山被我说愣了,只顾往我脸上瞅:"你是说我在胡吹?我来了五六次了。"

我说:"既来过,怎会不知道这里有强大的海流?"

我的眼神肯定是在逼视他,他有些招架不住了:"我当然知道海龟岛有海流,那次遇险时,就吃过不少苦头。这里好像不止一条海流,有的强,有的弱一些。但刚才碰到的还是头一次,大海不像陆地上有路,像我们这样的小船没有装备导航仪,更没有一眼能看清的国道、省道、村道,只是凭经验,只抓个大方向。其实也没有必要,平时都在离永兴岛不远的近海礁盘上捕鱼,到远海是跟着大船去的。再说,在太平洋上捕鱼,碰到海流也是常有的事,有海就有海流,只不过大小不同而已,但不像这里的复杂、强劲。我这不是正在考察吗?看看是曾经走过的海域,还是哪股海流突然改了道。天晚了,我犯得着闲逛悠?我心里比你们还急哩,肩上担着你们二老的安全哩!"

我还是不动声色,只是淡淡地说:"找到去岛上的突破口了?"

"我这样的小船马力达不到,冲不过去。再往那边看看吧……"

李老师不忍心了:"别急,别忘了我封你的精英渔民称号。他不信你,我信任你。"

"把我当孩子,一个唱红脸,一个唱白脸。我犯傻,在椰树下躺在吊床上喝茶不惬意?干吗要想到你们两三天就要回海南,赶忙瞅机会,一不怕苦,二不怕死地完成你们的作业,对这样的三好学生还要怀疑、打击……"

"别、别哭出声,我帮你申冤!"

一阵笑声响在色彩迷离的晚霞中。海风轻轻地吹着,海浪轻轻地摇着。在遇险后的大洋上,在这一叶扁舟的漂浮中,自己再不找点乐子,那不亏了!

小船又转悠了几片海域,阿山咬咬牙宣布:"看样子今天是到不了海龟岛了!"

我们很失望,真是乘兴而来,败兴而归。

只是看着阿山掉转船头,往回开,一言不发。

阿山说:"大叔,阿姨!"喊得非常亲切,"你们干吗垂头丧气?我心里正乐哩!"

这小子,又拿我们开涮了!

"你还幸灾乐祸?你不是也白跑一趟?损失了几十斤鱼没钓到?"

阿山的顽皮劲又上来了:"这就冤枉我了。我是真的'暗暗窃喜',不信?"

"说来看看,别憋坏肚子。"李老师说。

"就是不说,稍想一下就知道了,平时都是老师考学生,今天我要来个大逆转——学生考老师,答对了,也有奖!"

"你玩什么花头经……"

李老师看我对她直使眼色,截住了话头,真的思索起来……

我轻轻地说了声"海龟岛"。

李老师猛然一拍脑瓜:"说过的话不许赖账呀!我知道了,真的,你有一千个、一万个理由暗暗窃喜。"

阿山说:"君子一言,驷马难追。阿姨,别蒙我了,把你知道的说出来听听。"

李老师说:"正是因为这样湍急的、复杂的海流,才保护了海龟岛,才使这个海龟岛成了这片海域仅存的硕果。否则也要像别的岛一样,海龟早就消失了……"

"哈哈!当班主任的就是心明眼亮、洞察秋毫!"

"别拍马屁,我还没说完。你是在吹嘘曾历经怎样的艰难,运用了怎样的智慧才找到这个海龟岛!是呀,大自然为海龟岛设计了天然的防线,你对保护这个海龟岛更有信心了……"

"我可不敢贪天之功!与其这样说,不如说是海龟太聪明,太有灵气了,它们为了躲避人类的猎杀,选了个人类难以到达的地方,作为安全的生儿育女的产房!"

我们赞叹动物的匪夷所思的灵性,因而老祖宗们才创造出龙、凤、麒麟等这些祥瑞之物。在中华文化史上,龟一向被推崇为最具灵性,古人以龟壳占卜,预测祸福就是最好的证明……

"那你是怎样找到这个海龟岛的?"李老师问。其实这个疑问一直都郁结在我们心里,问了几次他都不说。李老师想趁他陶醉在兴奋中时能脱口而出,就像掏出醉汉藏在心灵深处的秘密。

"哈哈,阿姨又在诱供了,我才不上当哩。天机不可泄露。那可是精彩连连,现在说了,以后寻找海龟岛就不精彩了!"

"你呀,净制造悬念,吊人胃口。"李老师说。

"你问问大叔,他写故事时会先把结尾告诉读者吗?"

李老师一时语塞,转而突然想起:"喂喂喂,奖品哩!别把牛皮吹破!"

"这不正往颁奖典礼会场上赶吗?还有我阿山说到做不到的事?"

真的,航向不是回永兴岛的方向。

"别净说话,让他集中精力开船,迷失了方向那是大麻烦。"我说。

可李老师不买账:"你这是把船往哪开?"

"完成你们布置的作业呀!"

我也有点着急,在这茫茫大海上,没有导航仪,又有海流:"你不是说去颁奖典礼会场吗?"

"一回事,预计那里的会场已布置好了。到了那个岛,你们可不能惊喜得跳起来啊!"

这小子,是为了弥补我们没找到海龟岛的失望,还准备了两手。

可我们还布置了什么作业——想去认识大海的哪一种神奇?大海多的就是奥妙,管他呢!看看他那胸有成竹的神情,心里稍定。也充满了期待,再说,已上了贼船,不想去也不成。

第二章　夜海奇遇

滨珊瑚上的海贝博物馆

南海的魅力,源自海底蕴藏着千姿百态的动物,美得惊人,恐怖得让人毛骨悚然。

汉语言的精妙,在于几个字的短语,就能悬念丛生,使你充满期待。

这小子一副大导演的风范——他要带你出海,总是让你无限向往——犹如指挥拍摄一部精彩绝伦的冒险大片。

小船向七连屿方向驶去。传说七连屿是海神随手一扬抛下的七颗珍珠。妙在七岛形成了一条弧线,各岛互不相连。从空中鸟瞰,如一串项链,璀璨明丽。隔海相望的是石岛、永兴岛。渔民们称这中间的海域叫"红草门"。

船在大海中乘风破浪,穿过红草门,拐过海峡,就露出了大片的礁盘。

"阿山,你是带我们来赶海的?"李老师说。

阿山说:"碰巧退潮了。你见过真正的渔民赶海?那是初到海边玩的小游戏。"

这话真噎人。李老师反戈一击:"会场在哪里?人影都不见,还颁奖哩!"

阿山慢悠悠地说:"我这个颁奖大会很特别,会场当然也很别致,这是因为你们追求的与众不同,只得量身定制。"看李老师还是有些茫然,"阿姨,想想不就明白了?眼看你们没几天就要回去了,布置过的作业,我还有哪几项没完成?"

这小子真会制造悬念,但还是透露了主题。我对李老师使了个眼色,示意她注意礁盘,意思是我们不就是来认识海洋的吗?肯定有神奇在等待我们。

李老师心领神会,知道他每次都想导演出一台好戏,但情节常出乎意料,甚至差点演砸了。今天就是如此。然而正是这样,每每才精彩迭出,所以一路都未再要他解开谜团。抱着个闷葫芦也不错。

船还未停稳,李老师就跳了下去,径直向露出的礁盘跑去。阿山一边从容地抛锚,一边说:"礁盘上有陷阱,阿姨,软礁一踩一个洞,海蛇就喜欢藏在那洞里!"

话没落音,李老师已刹住了脚。他知道李老师最怕蛇,更何况是奇毒无比的海蛇。

退潮露出的礁盘不是太大,布满了珊瑚、礁石、水凼……最少还有三分之二在齐腰的水中。

阿山提了一双鞋来,说:"阿姨,你换上胶底鞋吧!你那鞋不行。礁石可锋利了,碰上就割开口子,一戳一个洞。"

这家伙就是鬼精,好像要发生的一切都在他意料之中。那鞋显然是他妻子阿惠的。

轮到李老师给他一个感谢的笑容。

阿山开始训话了:"阿姨,你只在近处走走看稀奇,顺便拾些牛鼻螺,你肯定认得——它的长相和牛鼻子差不多,香极了!落脚时先试试,有响声的别踩,那下面肯定是空洞。不吓你,大叔那次在珊瑚岛不就碰上了?千万别下水,别见到了鱼虾就捡。"

"听你的……"

李老师已一溜小跑起来——

一个乳黄色半圆形的大珊瑚,总有一立方米大,上面凹凸有致的纹路,像是珊瑚虫游走的迷宫。虽然失去了海水的滋养,有些失色,但还是不失魅力。我也是头一次见到。

"过去总以为珊瑚就是树枝、鹿角样的,到了南海才知道它有枝状的、块状的、瓶状的、圆形的……千姿百态。这也是脑状珊瑚?"我说。

"好像叫合叶珊瑚,我也认不准。"阿山说。

李老师伸手摸了摸:"黏糊糊的一层,难怪没有在海里的好看。"

"你小瞧了它,那是防晒霜,女士最爱。别看珊瑚虫小得难以见到,成天躲在自造的城堡里,聪明着哩!"

"你又神侃了!"

"热带阳光毒,现在我们都还戴帽子。海龟有个壳吧,又是冷血动物。按理不怕晒,它也要到晚上才上岛,产卵。就这当儿,退潮了,珊瑚也经不住暴晒,只得分泌出糊状的防晒霜……不好意思,是从来考察的老师那里贩来的,是千万年进化的结果。再弱小的动物也有生存发展的本领!"

李老师乐了:"嘻嘻!人也是向珊瑚学的。喂,他们该研究研究,制成这种天然的防晒霜不是更好!"

赶海很迷人,很浪漫,充满了诗情画意。它激活了人类对童年的回忆——采集、渔猎生活的记忆,重温与自然的亲近,沉浸在发现和收获的快乐中。

在它左侧的穴缝中,还伏着一个水字螺。李老师捡起,挺沉的,又放了回去,它是个活体。

没一会儿,我们又发现了长得像树舌的珊瑚,还有像枝头开满蔷薇的……礁盘上的珊瑚真不少。

一个小水函,居然留住了一条黄身绿嘴的蝴蝶鱼,平时只见到它们在珊瑚丛中游弋,还没这样近距离见过。李老师忍不住捧到手里,左看右瞧,爱不释手。

我见到一只红白相间横纹的小鱼,弓着的背上戳着几根长刺,很似一个武士手执长矛,骑在斑马上……

"刺有毒!"阿山眼疾手快,一把按住正要去捧它的李老师,"被刺了要疼好几天,甚至休克。在海边也和在森林一样,千万别被它们美丽的外表骗了。它们有不少是伪装高手。"

李老师吓傻了。我让她看大海——

夕阳如一个硕大的金橘,悬在西天。海里也有个金橘——我还是头一次见到大海的夕阳是如此金黄——金橘上空却是一抹胭脂红,衬得西天迸射的万千金线无比瑰丽。

"今儿我开海鲜馆,大叔、阿姨,你俩想吃啥尽情点,千万别不好意思。"阿山就是会掌握时机。

"既然你是老板,就拣最好的招牌菜上,考察你的心意。我们还费脑子点菜?"我说。

"这不是难为人吗?还让我变成你们肚里的蛔虫?好吧,这里有种特殊的美味,独家私房菜,看你们运气吧!免得说我小气。这就去准备食材。大叔,你陪着阿姨在这边淘宝。"

"怎么,还是要撇下我?不是说来开会,还颁奖吗?"李老师说。

"月上东山才有诗情画意,时间还没到嘛!"

"成天神神秘秘的。快走吧,别净吊人胃口。"

跟着阿山向礁盘边缘走去,水渐渐深了。

我说:"阿山,看,我找到了宝贝。"

他有些不情愿地往回走。

"不就是一块滨珊瑚吗?你想考考我那是不是石头?是被风浪从海底打上来的。不错,你是说它有年轮?科学家当宝贝。这样大,两人抬能抬到船上?"

我说:"谁说我要搬它?看看,这上面长的牡蛎多大!肯定又嫩又肥。法国大餐绝对少不了的一道菜。用它做的蚝油更是广东人少不了的调料,已风靡世界……"

"这样大的个头拿到海南,又是野生的,四五十块钱一个啊!"他学着我的腔调,但带刺。见我语塞,"你想吃?那就掰下来吧!"

这小子不厚道。牡蛎像个石头疙瘩,粘在滨珊瑚礁上。三十多年前我在红树林就吃过它的亏,力小了,掰不动;刚用劲,手像火烧火燎,三四个口子往外冒血。他不是支我上当吗?

"我忘了,要用铲子铲。你去船上找找吧!"

我正欲转身,他又抛来一句话:"那今晚就吃它了。那道比它鲜十倍,你从未见过、吃过的美味就不要了。唉!你怎么不带两个肚子来?"

我给说愣了,但已不计较了,因为有了新发现:

"谁说我想吃它呀?再看,这是什么?淡紫色的,像盛开的莲花吧?有十几个眼子吧!都叫它莲花螺,学名好像叫藤壶吧。"

"对,也是一道美味。老外喜欢吃,听说好像是在地中海还是哪里的小岛上,要在风疾浪高的悬崖陡壁上才采到。吃一顿,要花几百欧元哩!"

懒得搭理他的揶揄,只顾欣赏着滨珊瑚上的奇景——

这边有一块红红的笙珊瑚,它多孔,像海绵,有人误认它是红珊瑚。在红红的笙珊瑚上,又附着了两个血清色的大蛤。奇特在蛤上又附生着三四种叫不出名字的小蛤……总之,这个滨珊瑚上,附生着几十种贝类、螺类——简直就是个南海生物多样性的袖珍博物馆!

听我这么一说,阿山也来了兴趣,还说他见过一块大礁石上附着了五六十种的贝类、小螺、寄居蟹,哪天再领我们去看。

有亮光闪了眼。嗨!水下的一个蛤张开了壳,雪白、嫩嫩的身子上,正伸出红色的触手,那触手竟像随风悠晃。小小的生灵,奇妙极了……

"它在吃饭——捕猎浮游生物。我们也要快走,要不然就看不到、找不到那个了。"

我只得恋恋不舍,一步三回头地跟着阿山走。

有能跳会蹦的螃蟹?

阿山不走了,只顾瞅着海里。这种眼神我熟悉,像是雷达在搜索……突然,他眼神中光芒一闪——肯定是锁定了目标。

好在南海水清澈,透明度高,我循着他的目光看去,海底铺的是白沙,衬得蝴蝶鱼闪光流彩的……

阿山说:"还没发现?"

我说:"不就是蝴蝶鱼吗?"

"仔细看。那个小螺,就是蛙螺,看到没有?"

"只看到小虾一蹦一蹦的。"我没好气地说。

这小子,悬乎了半天,难道就是要找这普普通通的金口蛙螺吗?

"螺壳上有海藻,像个绿球哩!在它左上方六七厘米处的沙滩上,有两个黑豆样的眼睛从沙里竖起来……看到了?"

不就是两个黑豆吗?是眼睛,还鼻子哩……我正想走动,阿山威严地把手一按:"不耐着性子看,就别怨我了。"

他的话突然使我有了警觉,李老师可常说他是精英渔民……

真的,有条黄斑小鱼游来了。那两粒小黑豆好像在动……是小鱼游动带起的水波?

小鱼渐渐游近了……

突然,沙中蹿出一只红色的家伙,张开两只大钳——啊,粗粗壮壮的,一下就钳住了小鱼,缩身、潜入沙中……

像拳击手使的一套组合拳——流畅、迅雷不及掩耳——看得我瞠目结舌:"蟹。是螃蟹?"

这小子惊乍乍地说:"它刚才是跳起来的?你见过蟹能跳?蟹是出了名的横行霸道!哪种蟹能跳?"

"是蹿出来的,好像不是跳起来。动作太快了,没看清。"我满脸惊讶和疑问,他都说出来了。这小子就是精!

可它不是蟹又是什么呢?我明明看到它的两个大钳,钳上有齿,连绒毛都有。转而一想,这是南海,海洋生物学家说,我们对它认识得还太少了。深海火山口高温中不是还有鱼,有动物吗?都是奇形怪状的,还有专门以可燃冰(甲烷)为食的呀……

如此一想,再看那两颗小黑豆,真的有了光彩。它像是潜水艇的潜望镜,虽然慢得难以察觉,但它确实在动,像在瞭望、侦察……

一条小鱿鱼游来了。它可是"倒施逆行"的精灵,和章鱼、乌贼一样,屁股在前,头在后,靠喷水向前;由于触手多,泳姿很优雅……

一道红影从沙中闪起,钳住鱿鱼,就潜入沙中。伸缩之间如电光石火,没有一丝多余的动作。

阿山边走边说:"还是去看个究竟吧!不识庐山真面目多憋屈,轻点、慢点,它很精。"

我亦步亦趋地跟着阿山,生怕吓走了那奇异的家伙。

"注意,一定要看准它的位置。别眨眼睛,看它要发起……"

本来并没眨眼的想法,经他这么一提示,越想控制,反而眨了下眼——这小子用心理战来逗我——坏事,那两颗黑豆不见了,潜望镜收起了……

阿山看我那副懊恼劲,板着的面孔中藏满了得意、狡黠。

他却说:"去抓呀!"

"抓谁?"

"抓出来不就真相大白了?"

这不明明是在难为我吗?它藏得有多深?洞有多大?这样深的水,别说它有没有毒了,就是那两个大钳子也够我受的……

想看我笑话?没门!

自尊心鼓得我豪情满怀,弯下身子就出手。在沙里一摸,没洞,啥也没有。只得扩大范围。嗨!碰到了硬壳,刚想抓起,有什么啄手……像触电,惊得我猛地抽回手……大钳的厉害,刚见过。

"给蛇咬了?怎么可能?是给那大钳子吓的吧!"阿山脸上堆起的顽皮,连鼻子、嘴都挪位了,"还是我来吧……"

我一伸胳膊就挡开了他。我定了定神,回忆着刚才的感觉……不错,没洞,它躲在沙里……沙,对呀,大钳在沙里,能发挥作用?就当它是蟹子吧!我生在巢湖边,还少抓了蟹子?真是糊涂一时。其实最可怕的还是自己吓自己。

我说:"它没跑?你保证它还在那里?"

阿山说:"你看到它跑了?反正我没看到。这样简单的事,怎么到你那儿就这么复杂?"

这小子真会损人,懒得理!我索性蹲到水里,反正衣服也湿了。我又伸手到沙里。对,先轻轻按住硬壳,不管大钳蹭手,两根指头一捏,猛地站起——

阿山响起热烈的掌声。

刚看到它的形象,惊得我差点松了手:这不是青蛙吗?尽管它是橘红色的,尽管它挥舞的两只鳌足像老虎钳子,可身子是直长的!爪子长在后面!

我惊奇:"海里有青蛙?"

"真有你的。大叔,我服了。没见过吧?海里哪来的青蛙?不过,你说对了一半。有人叫它蛙蟹。蟹壳像不像乐器琵琶?对了,它就是大名鼎鼎的琵琶蟹。海边生活一辈子的人,见过这种蟹的也没几个。在西沙也难得一见。我在这里打鱼十多年了,也才在这里见到它。其实,今天我心里也没底……"阿山说话的当儿,已从裤腰上抽出袋子,把蟹装了。

"这边海域也不小,你是怎么确定这边有?"

他往左侧走了十多步,指着礁石旁,是个琵琶蟹。我捡起一看,是个空壳。"谁把它的肉掏吃了?吃得这样干净。"

阿山说:"你忘了,既是蟹,就要蜕壳。不像海螺,壳能随着肉体长大。它长到一定的时候就要把老壳蜕掉,才能长得更大。一生要蜕十多次哩!你肯定还要问……有次我瞎闯到这里,钓了十多条苏眉鱼。苏眉鱼价格高于普通石斑鱼几倍。拾了这个怪样的蟹壳回家问,老爸说了才记住这地方。"

我只有感叹的份:"生命形态真是千变万化!小到每个生物一生不同的形态,大到万物各具特色!生命太伟大了!"

可阿山说:"你只看到了琵琶蟹的一半,它还有更神奇的。"

"比这更精彩?"

"那要看你的运气、福分。"

阿山又像个大导演,走着走着,就要我找在海底白沙上的"黑豆"。然后一抬下巴:"在那里!不许眨眼!"

我像个跑龙套的,立即去抓蟹。抓着抓着,渐渐对琵琶蟹的生存之道有了感悟;每个动物都是掠食者,又是被掠食者。大鱼、螺都吃蟹,要想不成为被掠食者,第一要保护好自己。琵琶蟹将自己潜伏在沙中,无异于隐身在城堡中,奇妙在两眼生有伸缩自如的长柄,能洞察外面的世界……

突然,手被钳了,疼得我惊醒,本能地一甩,啪的一声,它掉到了水中……怪异极了,它一蹬后爪,瞬间就钻进了沙中。嗨!它能蹬爪?不错,捉第一只时,我就注意到它的爪尖不尖,是扁平的,像个桨……

我想起三十多年前带两个儿子在舟山群岛。小早捉到了一只在波峰浪谷疾行的"飞蟹",那爪虽仍生在身子的两侧,但爪尖也是扁平的,像桨……

还真能像青蛙一样游弋?

是千万年生存竞争、进化的成果?

我想更仔细地看看,它在海水中究竟是怎样行动的,阿山已走到前面的沙丘……那神色像是在寻找什么。

金色的夕阳余晖,在天蓝蓝、海蓝蓝之间,焕发出美妙的光彩效应——无比朦胧、辉煌。

李老师也在召唤,不断地挥着手。她发现了什么?

但我还是向阿山走去。沙丘在礁盘边缘上,看样子正在发育成一个小沙洲。

离沙丘还有四五步,只见一道影子从海中蹿出,直射沙滩。那影子似是泛着红色,体型并不小。

我提脚就追。

那红影却无影无踪。

是我的幻觉?我明明看到了呀,几十年的野外经验,不会犯这样的低级错误吧?是这辉煌的暮霭混淆了我的视线?

只有两三只小沙蟹——准确地说,是光点。因为它们在沙滩上横行的速度飞快。在金银岛时,小林曾带我们月夜观看小狗捕蟹。否则我们还真的难以发现它们,因为沙蟹有保护色。

突然,沙中蹿出一个影子直扑沙蟹,沙蟹瞬间改变了方向,闪开。那影子——对,泛着红色——跳起就追!

好家伙,一个横行逃跑,左躲右闪;一个跳起落下,猛追,那速度疾如闪电……

我也快步追去,但已晚了,只听响起咔嚓一声——沙蟹壳碎裂。那是追击者在腾跳中捉住了它——那影子一晃,又不见了……

"看到了吧?琵琶蟹的绝招!"不知什么时候阿山已走来了。

"什么!什么!是琵琶蟹?"

"还能是那天吃的大红蟹?"

"它能跳起来?像青蛙?"我依稀看到它蹬脚。

"不然怎么叫蛙蟹?"

"似乎直行呀!也能是蟹?"

"横行大王中不能出一个直行的将军?我们海南还有人称它是'琼兽蟹'哩!"

海洋生物这样奇妙!

阿山言之凿凿,又是当地的渔民,那影子稍纵即逝的形态,使我不得不相信他的说法……

是的,琵琶蟹的爪子是生在身后,但螃蟹的爪子长在它的肚腹两侧——然而……我又觉得都是黄昏闹的,或许是幻象?还是想将这特殊、奇形怪状的蟹看得更清楚?

尽管我不甘心，但天色已经更加昏暗，阿山又一再催促，还担心茫茫海边的李老师，只得留着遗憾往回走。遗憾也是一种期待和向往。

后来我才知道，确确实实有直行的蟹，名字也很特殊，当地人叫它"和尚蟹"。它产于广西北部湾的海滩、滩涂上，成群结队、密密麻麻，捕蟹人常用耙子往簸箕中扒。它就是美味的蟹汁的原料——是那里的人哪怕去到天涯海角都永远难忘的家乡味道。

群鱼在飞翔

李老师收获颇丰，拾了好几种我们还未见过的贝壳标本、半盆的牛鼻螺。她一看我们捕来的琵琶蟹，惊奇、兴奋。我只好将捕蟹的前前后后说了一遍。她懊恼极了，没遇到这样的精彩，对阿山不依不饶。

"大叔、阿姨，今晚够紧张的，你们去歇着吧！我来做海鲜，你们做不好，要看我阿山的手艺！"

李老师兴致勃勃地说："那我来烤馒头，两面黄，又脆又香，在野外几十年练就的独门绝活。"

我躺在珊瑚沙上，欣赏着天和大海的辉映、变幻……一阵香味扑鼻，带来了李老师"开饭啰"的呼喊。

一看甲板上锅里冒着热气的橙红的琵琶蟹、盆里的牛鼻螺，香味冲得我不知该先向谁下手。

"嘻嘻，这叫'不知所措'了吧！"阿山眯眯笑。

我专抓琵琶蟹，烫得我又是揪耳垂又是吹手。嗨，这蟹真有另一种滋味。喑，是因有海菜垫着蟹子，海藻是阿山采来的紫褐色的海藻。难道也像吃湖边毛蟹讲究得要用紫苏垫着蒸?

这种海藻很怪,茎叶上麻癞癞的,有着无数黄色的小疙瘩。我问阿山,他说我会找到答案的。可现在这些小疙瘩都成了黄豆子,我的心里顿然明白——肯定是那种小鱼或贝壳的卵。

琵琶蟹的膏、脂(俗称蟹黄)鲜滑无比。确如阿山所说,它比别的海蟹要鲜美十倍……消灭了蟹,又慢慢去嚼螺肉。它有韧性,只能慢慢品尝,有些像嚼橄榄,余香不尽,回味悠长……这一顿海鲜大餐直吃得我们满头大汗……

这个阿山,他竟收起碗筷,要我赶快泡茶。自他第一次尝过我带的安徽名茶雾里青后,每次出海都一再叮嘱要我必带。

一杯茶没喝完,他就嚷着要开船。我说:"经历半天风险,还不让人自在悠闲一点?二道茶才出味。"

阿山说:"那就减少一个节目,少颁一个奖吧!"

我说:"别别!算我说错了,还不行吗?"

七十多岁的老叟、老妪和二十多岁的黄嘴丫磨舌,也自有一种乐趣。其实,人在大自然中都返璞归"童"了。

我问他什么节目。

他只是眨眨眼、耸耸肩,满脸的顽皮相。

刚把船开到礁盘外,就抛锚停下了。他竖起一根两三米长的竹篙,将一盏灯挂上,电线接到蓄电瓶,然后将前甲板拿了,把船舱敞开。最后又用安全带把我和李老师拴好,只是留了一点可以活动的空间……

月光已笼罩海面,浪花却告诉我们大海并不平静。

我和李老师一直都表现得很乖,任凭他一边摆布,一边还念念叨叨:"阿姨,老师要做遵守纪律的模范。"

"大叔,你别撇嘴,我最不放心的就是你。这儿不是山林,是大海。这边水深三四十米,掉下去,就像下汤圆,我可没本事捞你上来。汤圆太大了。"

唠叨完了,他从前舱雨布下拿来两个长把网兜,分给我们。这网兜显然是用纱布自制的。看来,他精心做了准备。这不太大的网兜能捕什么鱼?捞虾?不可能!或许秘密就藏在这网兜中吧!

直到这时,李老师才扑哧笑出声:"这不是捕昆虫的网吗?你把我们当捉蝴蝶的小学生?玩的什么把戏?这里是大海,不是森林、草地!"

"哎!阿姨,还真让你说对了。捉蜻蜓,捉蝴蝶,在大海上,难以置信吧?别急,一会儿你们就手忙脚乱了!想说话都没空!"

我也被他的神神秘秘闹蒙了。

李老师碰了碰我的胳膊,意思是要我解谜。

我说:"就是不告诉你,干着急吧?发现是快乐。"

大海显得尤为幽深,浮荡的水汽形成了各种幻象,微波细浪更增添了泛着恐怖的神秘……

突然,强光刺目,灯亮了。

李老师很神秘地说:"我猜到是干吗了!"

我说:"讲来听听。"

她也调皮:"也让你干着急。"

灯罩将光柱投到大海,月光下的海面立即有了圆形的光圈,犹如构建了个大的舞台,大海陡然现出了生机。这里那里都泛起了水花,海水有了层次,正等待着演员出场。虽然还没有一条鱼露出水面登台,但节奏明快的击水声,正由远而近,很像戏剧的热场锣鼓——啊!是鱼跳、序曲?

静场。难耐的静场。仍然只有水击声,却不见鱼。

"别急。我这是让它们在进入角色前酝酿酝酿情绪。"阿山又摆出大导演的派头。

一群海豚跳着海上芭蕾,虽然疯狂而热烈,但队列有序,生动活泼。从一点钟方向进入舞台,海面骤然银光乱窜,流星飞曳。

李老师惊喜得几乎叫不出声——

"飞鱼!飞鱼!"

海面顿时热闹非凡,让人眼花缭乱……海豚配合默契,布置围猎;飞鱼逃亡——上演着生存竞争中最激烈的追捕和逃生——自然界的永恒主题,维系大自然繁荣昌盛的经典。

青色的脊背、白色的鱼腹,南来北往,东奔西走,纵横交错,夹杂着跳跃的鱼虾……在这幽蓝、白光为背景的海上,织成了光怪陆离,行踪诡秘的海生动物大狂欢,群鱼乱舞。

"快兜鱼!干吗?傻愣着!求我带你们捕飞鱼,求了几个月了?"

阿山大喝一声,才将我们惊醒,但我们都没有拿起网兜挥舞……

我们有更大的惊喜,从未如此近距离地观察过飞鱼。生存竞争时,在生死攸关的搏斗中,追捕者和逃亡者双方都将使出登峰造极的生存技巧,展示出生命最灿烂的光华。这种机会是可遇而不可求的——千载难逢。

水花一爆,飞鱼蹿出,展开双翼——

不,是两对,前面的是一对大翅,后面的是一对短翅,翅膀上有网状纹络,嘻嘻,乍一看,真以为是蜻蜓,薄薄的一层蝉翼。真像……

我说:"快看,看清了吧?翅膀上有蝴蝶翅膀的斑纹,黄色的、蓝色的。"

"是听阿山说蝴蝶才想起是捕飞鱼吧?"李老师说。

飞鱼的尾巴仍在水中快速地摆动,恰似江南水乡船儿摇橹。

是的,它腾地蹿出水面,飞起来了。

掠过水面,爬高。流线型、梭子般的身子,像是一艘飞艇……

海豚突然蹿来,张开大嘴,它一低头,扎到了水中。

李老师问:"它的胸鳍演变成了翅膀?"

我说:"当然!比别的鱼多了一种生存技巧。"

她有新发现:"不是飞,是滑翔!应该叫'滑翔鱼'!"

我问:"你从哪里看出来的?"

她说:"翅膀没扇过一次,不会拐弯,只会直飞。奇怪呀,却一次能滑翔四五十米……"

"我看到一只飞到灯光外了,有七八十米。有人说,冠军能滑翔四五百米。"

"动力呢?这鱼多说也才三四两重。"

"当然。后有敌人追击,还不拼命游?再看尾部,是摇摆还是拍打?"

"快速摇摆,就像江南水乡乌篷船摇橹……对,是加速器……"

难怪在来西沙途中,刚见飞鱼时,李老师就误认是小鸟。

那是我们第一次到西沙,头天傍晚从文昌清澜港上船,第二天一早在甲板上看海,天空飞舞着无数的白色海鸟。李老师突然惊叫:"小鸟!它在水面上飞。"

我看到海面上确有飞行物。距离远,只是它们的翅膀在阳光下闪亮,似乎还有光彩,只见一只水鸟从天空中扎下,那飞行物也潜入水中,鸟也扎进……

鸟出水了,嘴边有鱼甩尾。

"飞鱼!飞鱼!"

甲板上人群欢呼!

这是我们第一次见到飞鱼,第一次知道南海有飞鱼!它的奇异令人难忘。有次求阿山带我们去见识飞鱼,想仔细地看看鱼怎么会长出翅膀。没想到阿山真是有情有义的有心人,牢牢记着我们"布置的作业"。他知道我曾当过教师,李老师却是终身执教,当班主任,今天就准备了两手。

灯光竟然诱来这么多的飞鱼。是的,渔民知道飞鱼有趋光性。很多的鱼,还有蟹,在黑夜里都喜欢追逐灯光。记得,在儿时,有天晚上车水灌稻田,水车架上挂了一盏三眼灯,竟引来了螃蟹。水稻正在灌浆,水就是粮食,哪有闲工夫去捉蟹?贺大爷拿了几根草绳,一头插到水里,一头放在桶里。那晚竟捉了半桶毛蟹。

在回程的途中,阿山说,在以往没电灯的年月,是将船体用螺贝粉刷成闪光的白色,打起火把,夜晚在海上诱飞鱼。

看吧,追捕的大鱼,激起纵横交错的浪花,无数的飞鱼跃出水面,飞翔。时而向一个方面,时而交错,时而在海面形成两三个层次。

窜来的海蛇阵

嘭哒几声。哈哈!有几条飞鱼竟然掉到船上,落进舱里。

真的,一群飞鱼往我们这边飞来了,激起人类捕获的天性,我们迅速抄起网兜挥舞……

它们如箭蝗,贴着海面的,撞得渔船像面鼓;有的腾越我们头顶,有的竟向李老师身上撞去。

"迎头兜,迎头! 真笨!"阿山看我们网内空空,急得大喊。

是呀! 怎么只从它身后捞? 速度怎能跟得上? 怎么忘了它只能直线滑翔?

战术一改变,收获就大大增加,甚至不用费力挥舞网兜,只要迎头放置,飞鱼悉数争相飞进……

海豚在捕猎中,将灵巧、智慧发挥得淋漓尽致:有追赶的,有伏袭的,有前堵的,有拦截的……你看,追赶着将一群飞鱼逐出水面,正当飞鱼跃起飞行时,刚巧有一群海豚张开大口。哈哈! 这叫请君入口! 但它们依然行动洒脱,俨然一副绅士派头,没有丝毫杀戮的凶残。

它们发疯了? 难道也像鲸鱼集体自杀?

吓傻了,慌不择路!

李老师满脸的惊诧,语气中有着恐怖:"快看!"

哎呀! 一群细长的家伙从十一点钟方向进入了灯光舞台。追逐着飞鱼,首尾相连,队列有五六米宽,队尾还在灯光外。

是海鳗、蛇鳗? 这两种家伙我都见过……

不对! 身子虽也是圆筒形的,但它们的头是那样小,小得出奇。脖子细,尾巴是扁的。也像飞鱼一样摇摆,但幅度很大,成了 S 形。身子却又粗又圆,深灰色的身上长满了黑色的环纹,有七八十厘米长……

"注意,它们身上长了鳞片!"阿山说,"千万别用手去碰它们!"

"还能是海蛇?"

是的,我也看到它们身上有鳞片。海鳗是不可能长鳞的。

李老师脸色陡变。她虽然胆大,但平时就怕蛇,更何况所有的海蛇都有毒,毒性要比陆地上的蛇大许多倍。

"绝对是!哈哈!是灯光把它们引来的。真没想到,我还从来没见过这样庞大的海蛇阵哩!"

阿山乐得像个跳大神的。

这小子搭错了哪根神经,竟然如此兴高采烈。

他一看李老师惊愕在那里,一把夺过了她的网兜:"大叔!尽捞它,别捞飞鱼。"说着,就挥舞网兜。

我惊恐得不知所措。是的,我在山野里跋涉了四十年,总是盼望能见到老虎、豹子、红狼、黑熊、棕熊,因为它们太稀少了,虽不期而遇,但森林中周旋的余地大。然而我最怕蛇、马蜂、小咬、马鹿虱子、血蝉……你不知什么时候得罪了它们,它们就给你一口,让你终生难忘,更何况海蛇呢?我见过一份资料,那上面说有种海蛇一次排出的毒液能毒死二十多万只小白鼠!只是一次排出的毒!虽然科学家正在研究蛇毒治疗疑难杂症,我还是心虚。

海蛇变阵了,它们居然沿着光圈游动,成了个圆形,只是留下了几个豁口,专等飞鱼进来。它们一口一个,快速而敏捷。那圈子上的黑环闪着令人毛骨悚然的恐怖。

"它的味道比琵琶蟹还要鲜哩!几百元一斤啊!"

这个鬼阿山,他竟用起驯化动物中常用的"食物诱导",把我当成动物园的……

再看他捕蛇的劲头,已到疯狂的程度。

我不禁对蛇阵挥起网兜,却怎么也提不起来——太重了。这些家伙又长又粗,少说一条也有两三斤重!只得再退掉一些。

什么时候海豚消失了?怪,真怪!它们怕海蛇?它们的体型不成比例嘛!千真万确,刚才还狂热地跳着海上芭蕾的它们,影子也没有了!

还有更怪异的,在海中如闪电一般游弋、生龙活虎的海蛇,只要一出水,在网兜中却乖极了。难道是像有的鱼一离水就要死去?就在嘴边的飞鱼也不吃?

我让李老师也体验体验捕海蛇的感觉,可她说什么也不干。

在雪亮灯光的诱惑下,飞鱼们前赴后继地拥来。没有了海豚在空中拦截,它们飞得更欢,银亮的滑翔身影,几乎覆盖了整个灯光舞台——躲闪着无法飞起的海蛇的追击,充分运用着生存之道。

怎么了?海蛇刚来的方向炸阵了!顷刻之间海蛇四散逃逸,其余的海蛇也乱成一团……

恐怖的海魔

再向十一点钟方向看去,有阴森森的恐怖袭来——一片巨大的阴影如魔如怪,像是阳光下一片乌云在海中移动。黑夜当然没有太阳,阴影更不是乌云的魔幻。

它潜在海面一两米处,忽而如丘,忽而如席,看不清头尾,没鼻子没眼,这里那里还闪着荧荧的绿光,没波没浪,悄无声息,只是缓缓向前……然而,不仅海蛇乱了套,飞快地退出舞台,飞鱼也惊恐万状……

南海的水明净，依稀看到无数的小鱼正在打圈、结阵——千万年生存演练，弱小者练就了用绝技对抗强敌。鱼阵一会儿旋成了圆球，忽上忽下、忽东忽西地旋转；一会儿旋成了碟状，如飞碟上下飘忽；一会儿又旋成柱形，如龙卷风般地边旋边移——是让强敌发晕了？连我也眼花缭乱。

阴影不急不躁，就像个闲暇信步者，慢悠悠地前进，但气势摄魄。

鱼阵陡然一炸，瞬间成了菱形，忽而又成一条大鲸，忽而如山，胆大的竟往阴影撞去……

魔鬼阴影往底一沉，不见了。

但只那么一会儿，海中却冒起了无数的水泡，大大小小不一，就像海中架了无数吹泡机……

鱼阵被无数的水泡隔开了、散了，只有水泡泡——难道是在施放毒气？

效果出来了，鱼不见了，水泡渐渐消失……

连青背的、红腹的大鱼也不见了，只有水面上不时地旋起水涡。

这么多的鱼都被吃干净了？

"是魔鬼，还是翻车鱼？"那时，我对大鱼的认识只有不多的几种。

它们的体重都是吨量级的，特别是魔鬼鱼，它要发泄兴奋或愤怒时，常常喜欢突然跳到空中，从四五米高处轰然落下，砸碎渔船，掀起滔天巨浪。能吓得胆小的渔民躲到舱中，蒙住双眼。

"说不准。它要是还能往上面浮点就好了。"

阿山站在船头，已将网兜换成了大号渔叉，紧盯着阴影，满脸凛然。

灯光似乎也暗淡了，无边黝黑的大海更笼罩着恐怖。

李老师已靠到身边，紧紧抓住我的胳膊。

我轻轻拍了拍她的背:

"放松点,没事。礁盘上水浅,它来不了。你没看阿山把船停在礁盘边上吗?"

大海一片沉寂,没有了鱼的游动,海风也悄无声息,一切都似乎凝固了。

正当我们紧张得都喘不过气来,陡然间海上竖起巨影。叭的一声砸下,如雷贯耳,白浪滔天。只见几条银色的大鱼蹿出水面,跳到三四米的空中……

有一条正落到阿山头顶,他一侧身,胳膊一挡,人差点掉到海里。

吧嗒两声,小船跳了几跳。

待到海面恢复了平静,只有前舱不时响起吧嗒声……

阴影不知了去向……

我们回过神来。好一会儿,李老师才喃喃吐出家乡最强烈的感叹词:"乖乖弄里冬!真像山里人说的,老虎一声吼,大山也要抖三抖。这样大的鱼都自投鱼舱了。阿山,你和大海交情深,海神帮你赶,鱼都喜欢你了。五六斤重的大鱼都往怀里送!"

"我吓得腿肚都转筋了。吹了南海风浪十几年,还是头一次碰到这样又惊又喜的好事!托二老的福。"

阿山边说边将两条大鱼放到顶前舱水中养了起来,活鱼价格高。

气氛轻松起来,李老师忙着收拾落到身边的鱼。我往前舱靠了靠,一看,好家伙,有四五十斤飞鱼,大多是自投罗网的。

我问阿山:"就这么一盏灯光,怎么有这么多飞鱼?"

"你还没想起来?"

见我还在纳闷,阿山正要张口,我猛然醒悟:"飞鱼主要吃浮游生物,喜欢在海藻中觅食。你拔的海藻上麻癞癞的小疙瘩是飞鱼卵?难怪一煮就像蛋黄。现在正是飞鱼产卵期?"

"大叔就是聪明!有位来考察的老师说,世界上飞鱼有几十种哩!这种飞鱼每年要从赤道附近跑到这边产卵,现在产卵期快结束了!飞鱼籽可是一道美味!"

李老师说:"这叫'灯光诱捕'。嘻嘻!只见过稻田里用灯诱捕螟虫,头次见灯光也能捕鱼。嘻嘻,长见识!"李老师说。

阿山说:"其实是没办法的办法。今晚要用挂网捕,少说也有两三百斤。"

我说:"那你挂网就毁了,更不可能捕到这么多的海蛇!"

阿山说:"大叔、阿姨,对颁奖典礼的隆重,对奖品都满意吧?"

不能让这小子太得意,我说:"你拿出了什么奖品?还好意思说什么隆重的颁奖典礼嘞!"

阿山有些急了:"你们不就是想认识大海吗?大海奉献给你们这么多的神奇,不是给敢于冒险人的奖励吗?讨了好,还卖乖!不行,不许赖账!"

李老师说:"阿山,别弯弯绕,差点给你绕蒙了。你的意思很明白:是要我们给你颁奖——夸你。因为我们见识的这一切神奇,都是你一手导演的。行,在授过的'精英渔民'前加个五星,我宣布现在正式授予阿山先生'五星精英渔民'称号!"说着就鼓起掌来。

我当然也用热烈的掌声响应。

阿山说:"我这不成了自吹自擂吗?"

李老师说:"你啥时学会谦虚了?是的,没有你,我们怎知道大海还有直行的会蹦会跳的螃蟹?还有海蛇、海魔。真的,你把《三国演义》中孔明草船借箭活学活用了。你没渔网,干脆来个'开舱纳鱼'!聪明……"

正说着话儿,右前方五六十米处连连响起了浪击声。

李老师脸色陡变:"那家伙又来了?"

第三章 潜海花絮

珊瑚狂舞

海洋,蔚蓝色的生命摇篮!

世界上还有什么比生命更为神奇、奥妙?

初看大海,壮阔、澎湃,顷刻向心灵扑来。

常有人问:你见过海底世界吗? 如果没有,不算到了大海。因为大海上只是表面,而丰富的内涵都蕴藏在蔚蓝的胸怀,那是无比奇妙、难得一见的境界。

从西沙群岛到回到海南后,我就一心一意地想去见识海底世界,想方设法去寻找愿意带我去看海底世界的人。

当然也因为阿山的海龟岛。从他不时透露的细节揣测,例如,他说那里的珊瑚品种多,特别繁盛……我隐约地感到他对海龟岛有个宏伟的计划。是什么计划? 我猜不透,即使是将来想给他一些帮助,我们也需要去认识海底世界;而阿山帮不了这个忙。潜水很美妙、刺激,但专业性很强,稍不留神就要出大事。幸好,阿山给我们推荐了一位博士。

今天我们去潜海,拜访、结识蕴藏在大海深处千姿百态、绚丽斑斓的生物界。海洋生物学家说,科学技术发展到今天,我们也才认识大海的百分之一,或百分之五,可见还有多么丰富多彩的海洋世界在等待!

蔚蓝的海湾,镶嵌着硕大的绿翡翠——红树林,南海奇异的森林生态系统——小艇蜿蜒在密密气根支起的秋茄、闪着红艳叶柄的海榄、高大的海桑、如笋一般冒出的指根之间,穿行在绿色穹隆的迷宫中……

刚离开如魔如幻的红树林,天地豁然开朗,海天一色,青翠翠的山、火红的凤凰花、高大的椰树……风景辽阔。

小艇向矗立在大海中的一排小岛驶去。到达了岛屿后,欧阳驾着船,左拐又弯,一弯一重天。我们都快被转晕了,他才将艇停下,抛锚。

这是个隐蔽得非常巧妙的海湾。小岛葱茏,森林茂密。没有沙滩,礁石林立,海水靛青。看来水深,好在南海明净,透视度高。

欧阳说:"没把两位老师转晕吧?费了三四年,才找到这块风水宝地。就连我们团队也只有两三个人知道。"

欧阳东是博士,正在进行珊瑚生态系统研究,彪形大汉,和我一米八二的身高差不多,风华正茂的年龄,外表憨厚,很豪爽。我们是在西沙群岛认识的,第一感觉是跟着他下海,心里踏实。

欧阳说:"刘老师,要不要再复习一下潜水要领?"

我说:"自己温习一遍吧。反正是紧紧追随博士,保证服从命令听指挥。"

大海潜水很诱人,但有风险,是种很时尚的体育运动;充满了对未知世界的探索,充满了冒险,来海上潜水的人总是熙熙攘攘。若是碰到大鲸、大鲨,还有那些美丽却有毒刺、毒针的鱼呀、贝呀,够刺激的;特别是"潜水病",更让人谈之色变。然而发现的快乐、冒险又是那样诱人。我自恃在巢湖边长大,自小与水为伴,跳浪、游泳、"浸猛子",不在话下,更何况只做浅海潜水——跟"浸猛子"区别不大。只是要穿戴装备,可以在水里看得清楚,待的时间长一点罢了。所以接受了速成训练之后,胆子更壮。

待我们穿好了潜水服、戴好了头盔、背上氧气瓶……装备停当,欧阳说:"难为你了李老师,只好让你看船。你可以去岛上看看,坐在小艇上赏风景也好。最好不要把脚放到海里,更不能摆着脚玩水,那样会招来鲨鱼。大鱼也会误认为是猎物。"

"放心吧,一切听你的,但你们最好七八分钟就上来一次。"

南海真是潜水胜地,蔚蓝色的海水透明度高,像是流动的水晶。游泳时,只是向大海俯身一跃;潜水时,却是从小艇上倒背入水,感觉也不错。

海底真奇妙,也如陆地丘陵起伏,峡谷跌宕,危岩巉崖,沙丘连绵……白色的沙底,将一切映衬得鲜明、生动。

绿的、蓝的、红的海藻漂浮,如七八月的高山草甸。彩色鲜艳的小鱼、小虾游弋,如蜂如蝶。难怪有人称它为海底牧场!

欧阳东博士做了个手势——我称它是"手语"——我明白那意思是:往左边去,尽量不要碰到礁石,防止刮破潜水服。

我循着他手指的方向避开了礁石,只转了两个弯,眼前的景物,让我目不暇接:珊瑚林立,摇曳舞动,一片荧光闪闪,洋溢着生命的光华。那确是林立的珊瑚。我们日常见到的多是珊瑚石,都已失去灵魂,只留下了遗骸,还有什么比鲜活的生命更加精彩!

如果没有珊瑚岛的经历,连我也无法分辨出活珊瑚与珊瑚礁。小小珊瑚虫创造出的生态系统,令生物学家惊叹:原来它们必须与虫黄藻共生。珊瑚虫是动物,虫黄藻是植物,珊瑚就是动物与植物结合的奇妙的共生体。虫黄藻就生活在它体内进行光合作用,而其排泄物,正是珊瑚虫必需的营养。反之,只有得到珊瑚虫的排泄物,虫黄藻才能进行光合作用,所以活着的珊瑚才能发出荧光。

但那毕竟只是俯身在水中观看,怎能与现在相比?是三维的、立体的闪着五颜六色的珊瑚,有立的,有躺的,有侧的,如园林中的小山顽石,更有如泡泡棒那样一丛一丛、摇曳多姿的……

多彩、纹斑绚丽的热带鱼,飘飘忽忽地在珊瑚丛中游戏……

啊,难怪称之为"海底花园"!

珊瑚形状有犹如蔷薇的,有犹如牡丹怒放的,有犹如挂满葡萄的,有犹如蘑菇的,有犹如春笋的……琳琅满目。

一棵如树的珊瑚,我认识,是柳珊瑚。它整个形态,像放大了的柏树枝,枝条都长在一个平面上,无须压制就是成形的植物标本。在岸上看到标本时,原以为它应平躺在海中,能得到更多的阳光。其实它是直立的,因为它不是植物,而是实实在在的动物,只有直立着,面积大,它的触手才能从海流中捕到更多的食物。但过去见过的都是红色的,这棵却是罕见的金色的,渔民称它金海柳,较名贵。

珊瑚虫都生活在自造的骨骼中,小得肉眼难以看见——原本的形象要借助显微镜才能看清。可它为何要将外骨骼塑造出如此众多的形象?是用它们来表现生命的形态、色彩?而生命的形态,正是向世界宣示它的存在!难道还有更好的解释？

就在它附近，一块有石臼大的珊瑚，嫩黄嫩黄的，上面布满了一个个窝凼，或许它就是蜂巢珊瑚？

最妙的，还有一个像是被大风吹翻卷的雨伞，一层层深紫色回纹，沿着伞面绕圈，清晰可辨。

出水后，欧阳说是厚丝珊瑚。

鹿角杯形珊瑚从底盘上伸出八九只犄角，奇妙在每个犄角上都有四五个彩杯，不知盛的是美酒还是甘露。

欧阳要我看两点钟方向……啊！砗磲？真大！总有两米长。近前一看，傻眼了：根本不是宝贝砗磲，它无壳，袒胸露腹的，内部清清楚楚，淡绿色，如变形的荷叶——长形——边缘褶皱很夸张，但美丽……

"你戴上手套。没关系，可摸摸看，零距离接触。"欧阳的手语大概就是这意思。

潜水训练时，老师说，海中有很多动物长有毒针、毒刺、毒舌，既是防卫武器也是猎食的工具，不能确认的动物，千万别用手去摸、去捉。就像在进入热带雨林之前向导告诫我们的一样。

明明摸到它了，却两手空空。心里一惊，难道它有武侠小说中的"移星大法"，感应到我伸来的手就移位了？可它的位置清清楚楚呀……嗨，糊涂！竟忘了老师说的，因水的折射，海中看到的物体的距离有误差。如此一调整，果然摸到它。可又是一惊，立即缩回——它软软的。难道是不知名的家伙故意设下的陷阱？也像猪笼草一样美丽，但只要有昆虫落下，立即包饺子吃掉？

"是软珊瑚！它没有骨骼。再看九点钟方向。"

——欧阳的手语应该是这意思。

嗨,那里像是千手观音全将手指伸出,乳黄色的。

"它也是软珊瑚?"我也用手语问他。

"回答正确,加十分。"他想调节气氛。

珊瑚分软珊瑚和硬珊瑚。软珊瑚不会制造外骨骼,因而不能造礁。硬珊瑚能制造外骨骼,能造礁,又叫石珊瑚。因而不潜水是很难见到这种有着千奇百怪的珊瑚。

嗨!还有像水泡泡的,一丛丛,像街市吸引小朋友的塑料泡……正想问它是不是软珊瑚时,忽然看到它底下有只雪白如玉的盘子,真的像家中用的果盘,只是周边全是梳状的裂片。这个我认识,是石芝珊瑚。

那年我们从柴达木盆地去阿尔金山的途中,在大戈壁上,小孙子天初拾到了一块风凌石——原来是一块石芝珊瑚。他乐了好几天;因为它证明了现今的戈壁,在远古时代却是大海,给了他强烈的沧海桑田巨变的知识……

看到欧阳的手势——手指着上方。

我明白,他是说:"出次水吧,不然李老师要着急了。"

鹦鹉鱼下沙

浮出水面,又是另一世界。叠翠缀红的山下、蔚蓝的海上,漂着白色的小艇。李老师坐在前甲板上,一手捧着书,一手竖起大拇指。

她会享福:"怎样?"

"棒极了!你不急吧?"

"看到好几条大鱼,要是带着钓竿来就好了,哪怕是钓钩也行。"

"别给鱼钓去了!"

我一低头又潜入海中,慌得欧阳也立即跟上。

刚才上浮时我曾掸眼看到一个黝黑的发光物体,心想,可能是宝贵的海铁树。不对,它生活在深海,在这浅海怎么可能有?究竟是什么?

不一会儿,就发现了它隐身的地方——在不是太深的海沟的珊瑚丛中。我指给欧阳看。他说慢慢接近,别给珊瑚剐蹭了,有的很锋利,潜水服也抵挡不住。有了伤口,就得终止潜水了。

他游到了前面领路,做着示范动作。我也小心翼翼,亦步亦趋——

它当然不是稀有的海铁树。像蘑菇,不,更像一朵硕大的墨菊,花瓣下披,花蕊绿得发蓝……

欧阳东的手语说:是圆冠珊瑚,它有好几种……

突然感到头上有了异样。惊诧中一看,是白色的颗粒,如雨纷纷落在头上、身上。

"别动。往上看。"他做了个坚决的手势。

嗨!一群彩色的鱼正在头顶一两米处,个头在一两斤重,鱼尾一摆,撒下一粒粒白白的东西。产卵?想要我们代你孵化?那也得征求我们的同意,我们也得掂量掂量有没有这个本事。

好不容易才用手接到两粒,手指一辗,虽然硬邦邦的,但碎如粉末,绝对不是什么鱼卵!这要做成鱼子酱,牙齿还受得了!一千个,一万个不可能!除非是鱼卵的化石……

难道是海里下沙?水的折射使我误以为这些沙子是从它们泄殖腔中出来的,或者是它们刚刚在沙里打了滚,就像鸡呀、鸟呀喜欢做沙土浴,清除身上的寄生虫……

要么就是刮起了沙尘暴,能从发源地的大西北刮到南海的天涯海角。

怎么可能呢?刚刚出海时还是朗朗乾坤、风和日丽呀……

欧阳的手语意思是说:悄悄地跟在我的后面。要想解开你的谜团,千万别做大动作。

欧阳毕竟有经验,他浮在海中,慢慢地跟着鱼群。

我也看到那些鱼,有的绿、红、橙搭配得很匀称,有的却是蓝黄相间。欧阳示意,前者是雄鱼,后者是雌鱼。但全都色彩鲜明,游动时闪着虹光。

它们在一丛蔷薇珊瑚边停下了。欧阳领我到了侧面。

怎么,在珊瑚上啃起来了!没看到那里有小鱼小虾呀!更没有小螺、小蛤,或什么昆虫之类的。但确实有珊瑚的碎屑往下掉。不错,它圆钝、隆起的头上,长出的嘴像鹦鹉嘴。

是鹦鹉鱼?我毛估带猜,瞎蒙黑撞。

欧阳用手指做了个"OK"。那意思是指我说得对。

这下看清了,它们真的在啃珊瑚。那鹦鹉嘴好像是专为啃珊瑚量身定制的,啃后留在珊瑚上的印痕很清楚。

怪,它们也像鸡一样,要吃点沙、小石子,放在肫里磨碎食物,帮助消化。

还从未见过哪种鱼长了肫哩!它们只有肠子。

或许只是偶尔啃两口,磨磨牙吧!还能和啮齿类动物一样?譬如老鼠就经常啃书、啃木器,但并不吃书,更不吃木头,只因为牙长得太快,要找它们磨牙!

它们是在磨牙?我问。

欧阳差点笑出了声。正在这时,鱼群又撒下一阵卵状物。我抢到了几粒,手指一辗,心里一顿、一惊:它们真的在吃珊瑚?我问。

你再仔细看看。欧阳说。

一点儿不错,绝不是海水的折射引起的误判,确是从它们的泄殖腔中排出的,有两条正边啃边拉,可怎么消化珊瑚虫呢?浮到水面后,欧阳揣摸透我的心思:"我们做过解剖,鹦鹉鱼的咽喉处还长了一排牙齿——但这牙齿是槽状。你见过乡下的磨子吗?磨面上下有凹凸的槽子,磨子转动,辗碎了麦子成面粉……"

"你是说上下颌长的那些细密尖锐的牙齿专门啃下珊瑚,咽喉处的牙再磨碎,肠道就将珊瑚虫的营养都吸收了?"

"当然!"

我说:"它们也和珊瑚天敌长棘海星一样?只不过长棘海星是先趴到珊瑚上,将胃翻开,用胃液把珊瑚虫液化,再吃掉。你看,这些蔷薇珊瑚顶部都被啃去一截,这对珊瑚的破坏太大了,也是珊瑚的天敌!"

欧阳说:"它们在掠食珊瑚时,虽然异曲同工,但作用截然相反。长棘海星一吃一大片,暴发期能使大片珊瑚死亡,虽然骨骼都还在那里,却是一片死白。我们已观察了几年,还做了样方,发现被鹦鹉鱼啃食过的珊瑚,却异常地长得更好!它们刺激了珊瑚的生长……被啃食的可能是染了病的或生长不良的珊瑚。"

"像狼群在维系生态平衡、繁荣自然的作用一样?"

"我们正在研究,一条鹦鹉鱼一年排出的珊瑚沙有好几吨……"

我们又潜入海中。刚感到脚蹼有异样,就见一条大鱼从侧面游过,硕大的头上闪着漂亮的褐色的斑纹。刚本能生出去抓它的念头,看到了欧阳坚决制止的手势。

"别动!是大石斑鱼。悄悄跟着我。"

我想,他的手语应该是这意思。

这样大的家伙,也是石斑鱼?我们在礁盘上钓的都只有三四两重,大号的也只不过一斤。奇怪!它竟径直向鹦鹉鱼游去,神态竟像是去探亲访友。虽然大鱼吃小鱼是自然法则。

它游到鹦鹉鱼群,招呼都没打,就立即张开了大嘴……

怪,真怪,有一条鹦鹉鱼居然毫不犹豫地游进了大石斑鱼的嘴里!竟然有为了保护鱼群,勇于献身的英雄,或者像栖息在树上的猕猴,遇到云豹来捕食时,竟一个个抱着头,任它挑肥拣瘦,但它们也没送货上门呀!

突然感到欧阳从潜水镜中投来的目光。那意思我明白,随着他调换了方向。

大石斑鱼仍然大张着嘴。嗨!鹦鹉鱼居然还在——正游动着在它口腔中东一口、西一口地亲吻,热情、投入。

瞧,大石斑温顺极了,懒洋洋地悬浮着。使的是献媚求饶的策略?不,哪里是什么亲吻,是啄食!是在帮助石斑鱼清理门户,消灭寄生虫!难怪刚发现大石斑鱼游来时,它那姿态似是欢迎赶来探亲访友的哩!恐怕是口腔里吸血、啃肉的寄生虫正扰得它烦躁不安。

注意鹦鹉鱼的鳍。欧阳提示。

是的,鹦鹉鱼的鳍,一刻不停地在翕动。是保持躯体的平衡?没有必要呀!口腔就那么大的空间……

是怕大石斑鱼痛快得忘乎所以,一口把它吞下?伴君如伴虎啊!掠取食物是动物的本能。

你说呢?

惹不起

正当我看得忘乎所以时,突然觉得小腿处有被啄的感觉,惊得我游转身子想看个究竟。刚扭转头来,满目彩色竟直扑我的潜水镜、头盔,眼前一片迷乱。吓得我手忙脚乱,又是蹬腿又是挥臂。

这一乱,不仅没有摆脱困境,反而招来了更多的鱼英勇向前、前赴后继地向我冲来,在身上啄,在潜水镜上啄,在头盔上啄,几乎无处不下嘴。虽然不是很疼,但"癞蛤蟆不吃人,样子吓人"。更何况还不知道它们是否身长毒针、毒刺……欧阳哪里去了,却任我遭受攻击?

我看到他了,就停在几米开外,似乎在笑,好像还笑得前仰后合的……

不管他是不是在笑,但他的状况,让我紧张的神经稍稍松弛,因为若是很危险,他绝不会是这副模样。正在想着,突然看到了他的手势,意思是要我向他靠拢。

我刚游到他身边,嗨!那些鱼全都鸣金收兵,回到一丛黄绿色的花丛中……

神情稍定。

当看清那些红白相间的鱼,心里不禁哑然失笑——

嗨,这不是小丑鱼吗?它们最显著的特点是头上有条白色的条纹。不错,正是头上的这条白色的条纹,恰似京剧中的笑星——丑角的脸谱,因而才得到这个美名。正是有这样的美名,才成了宠物,是饲养热带鱼的朋友们鱼缸中常见的主角。

你看,红白相间的它们,在黄绿的花丛中正欢畅地忙活,无论是进进出出游动的,或翕动休闲的,那头上的雪白条纹又有蔚蓝的海水映衬,显出了无尽的情趣,哪有之前丝毫的威猛,群起而攻之的豪气?这副模样动摇了我对它的判断。

这反而引起我在心里嘀咕。听玩家们说,小丑鱼在热带海域有三十多种,无论是黑背小丑鱼、金透红小丑鱼,或黑红小丑鱼、公子小丑鱼,都较活泼而温顺,身材不大且富态……但刚才都凶猛如狼,为什么要莫名其妙地向我发起攻击?

我又是手势又是眼神向欧阳求证。

他像看透了我的心思,指了指小丑鱼们围绕着的黄绿色的花丛。说是花丛,那只是掸眼之间的印象,其实它长有长长的、秀气的叶子,很像一丛繁茂的大叶兰。但那兰叶状的又肉乎乎的黄绿色,也似放大的金丝菊的花瓣。或许它就是一种较为特殊的海藻吧!其实它的形象与海藻无大的差异,是因为那黄中映绿、绿中泛黄给人的错觉?我更不明白它与小丑鱼攻击我有什么关系……

正在我苦苦思索时,欧阳浮出了水面,我也跟着他出水了。

欧阳说:"还没认出来它是谁?"

我底气不足,但硬着头皮说:"不就是海藻吗?也不止一丛呀!"

"不,是海葵。是动物!"

怎么可能呢?我见过海葵,那颜色有黄的、绿的、红的,但比这要小得多,像草地上的鹅黄菜……转而一想，欧阳可是大博士……

"还能是大海葵？"我为犯这样低级错误而懊恼。

"还有比这更大的，这个只算中等。"欧阳说。

"小丑鱼干吗专拣我攻击？它们不是很温顺吗？"

"再去试试不就知道了吗？小丑鱼的牙齿咬不破潜水服，但你别用手去碰海葵。"

欧阳说完话，一躬身又潜入海里。

那群小丑鱼还在海葵丛中。看到欧阳要游过去，我连忙把他拉到我身后。既然小丑鱼既没有锋利的能咬破潜水服的牙齿，更没有毒针，我豪气冲天地去以身试"鱼"了。

但还是粗中有细，学乖了。我慢慢地向前靠近，就像那是个雷区……正当我在庆幸，伸手去捉小丑鱼时，突然像捅了马蜂窝，小丑鱼们蜂拥而上，乱箭齐发地向我射来……我也不傻，早已做好了逃之夭夭的准备。

嗨，它们只追赶了一小段距离，就鸣金收兵，回到海葵丛中……如是试了三四次，情景也一再重复。

是的，只要我到达一定的距离，小丑鱼们就立即出击；当我退到一定距离，小丑鱼们立即返身。难道是电磁感应？架设了脉冲电网？

我想起那次在黄山考察云豹，正行进间，突然听到一阵喳喳的鸟叫声，叫声中充满了愤怒。抬头一看，原来是四五只黑卷尾鸟正在追赶一只鹞鹰，前面的抱头鼠窜，后面的奋不顾身、左右夹击。

太奇怪了。黑卷尾鸟全身乌黑发亮，是大名鼎鼎的黎明鸟——它总是以第一声鸣叫，唤来东边的晨曦，驱走黑夜。可鹞鹰是猛禽，食谱中就有黑卷尾鸟。怎么现在却发生了大逆转？令人难以置信。可不信不行,就在眼前,黑卷尾鸟追鹞鹰三四次,但每次都是只追到一定距离就返回到树上的巢中。是的,高大的黄果树上有四五个鸟巢。

考察队研究鸟学的李教授解开了谜团:鸟类在繁殖期有个巢区,特别是在孵化期,为了确保母子平安,再弱小的鸟也敢和偷袭的强敌拼命,它们常常是以群体的力量驱赶强敌！母爱是无所畏惧的。

难道小丑鱼也有强烈的领地意识或是正在护卵,建立了巢区？

欧阳示意我观察海葵。

我只能在那条无形的领地线外探索。

海葵舞动着触手——当然,那既不是兰花叶,更不是花瓣——那是在捕食。因为它没有可行动的脚,只有不停地挥动触手,才能俘获食物。小丑鱼主要在海葵的顶层活动,时而进进出出,好像是在把海里的浮游生物、小鱼小虾往海葵丛中赶。是的,确有小鱼、小虾被赶来,被海葵抓住了。它们有的也在海葵触手中穿梭,东一口西一口地用嘴啄着触手,是在帮助海葵清理寄生虫？可是,我看到有的东西海葵并不吃——有根丝状物连着一粒粒圆物上下左右浮动。这一发现带来了一连串的发现。是的,这里那里都有这样的情况,旁边的珊瑚礁中也有丝连着一粒粒圆物……

我激动得立即浮出水面,迫不及待地对游来的欧阳说:"那是小丑鱼产的卵？"

"你不是看到爸爸、妈妈正在精心护理吗？要是别的卵,不早就被它们吃完了？"

"鱼也建立巢区？"

"当然。无论是在陆地或海洋,动物们的母爱都同样深厚!没有母爱,哪有世界?"

思索了片刻,我说:"看来,小丑鱼选择在海葵中或它的附近产卵,是因为它们有种互惠共生的关系。小丑鱼利用海葵有毒刺的触手不仅保护自己,还为它的下一代建立了保护伞,鱼卵总是高蛋白的食物。而小丑鱼却为了让海葵获取更多的食物而努力,因为海葵没有腿,不能四处寻找食物,只能守株待兔,同时小丑鱼还帮助它清除寄生虫。我的推理能成立吗?"

"大体是这样。别忘了,它们都是猎食者又是被捕食者,正是因为如此,它们在生存竞争中创造出的生存智慧,连哲学家也望洋兴叹!……对了,我想起来了,你好像在一本书中写过:最强大的动物也有致命的弱点,最弱小的动物也有生存发展的本领。这引起了动物学家浓厚的兴趣,他们创建了动物行为学这个学科,其中不乏得过诺贝尔奖的出类拔萃的科学家……"

欧阳说得我有些不自在,我连忙把话题岔开:"这种小丑鱼叫什么名字?"

"让你碰巧了,它就是受到大家喜爱的公子小丑鱼。形象很美,极具审美价值,它们喜欢群居。女儿国……对,体格大的就是女王。"

我们又潜入海底。由于刚才遭到小丑鱼的攻击,虽有惊无险,但第一次潜水,还是小心为妙。我紧跟着欧阳,在珊瑚丛中亦步亦趋。

游着游着,发现礁石上长着另类海藻——它像森林中的蕨类植物,更确切地说,羽状的叶子像羊齿蕨,然而,它的茎顶上却像开了花,且不止一朵。奇怪,蕨类植物是绝对不可能开花结果的,它们是靠孢子繁殖的……我想凑近看个究竟……突然,被欧阳猛力一拉,脚蹼撞到礁石上,惊得我立即浮出水面,对跟着浮上来的欧阳直瞪眼,他的眼神中有抱歉的意思。

欧阳说:"我用力猛了。还不明白?"

我愣了一会儿才说:"你看到水里凶猛、有毒的家伙?"

"你不是正要去碰它吗?"

"不就是一株像蕨类植物的海藻吗?"

碰不得

"你肯定知道,拟态是很多生物的生存智慧。我开始潜水时,也吃过苦头。"欧阳说。

我忽有所悟。

"难道它不是植物,是动物?"话一出口,我就感到自己很愚昧,怎么会犯这样低级的错误?不说枯叶蝶,就是海底的柳珊瑚、柏珊瑚、海马,不都是拟态为植物的动物吗?

欧阳看了看我,说:"它真的有一个植物的名字——海百合。你是被它花的样子迷惑了吧?也难怪,正是这形象,它才有了这样美丽的名字。这是有柄海百合,还有一种色彩多样、鲜艳的无柄海百合,可以在海中游动,甚至被称为'海中仙女'。像这株有柄、附着在礁石上的,是自己不能游动的。但它们都是货真价实的棘皮动物!虽然身上的棘刺没有海胆、海星的长,那个花朵样的,其实是它的花萼和消化生殖器官、触手。它的口和肛门都是朝上的……说来难以置信,化石上的海百合比这更为美丽,是天然的艺术品,花的形象更逼真,你将来去贵州,一定要去朝拜,化石上有的花朵低垂,犹如含苞待放。"

一听"海百合",记忆中产生了奇妙的响应……

我问:"它有毒刺?"

"有,但毒性不大。"欧阳说。

"那有什么可怕的?"我说。

"刚才的小丑鱼是惹不起,它却是碰不得。再下潜时你就能看到,它身上有种黏液,若是碰到,就粘到身上,很难去掉,而且有股不寻常的气味。和陆地上的植物苍耳子有相似之处——种子外面全是刺,只要碰到就牢牢地粘在你或动物的身上,因而又得个名字,叫'胡死缠',其实是让你代它将种子传播到更远的地方。这是生存智慧……再说,这样美丽的海百合已很难见到了,是活化石,它对环境、水质要求很高,何必再去打扰它?"欧阳说。

起风了,大海中映出的白云随波逐流。

欧阳的话,激活了我记忆存储库中的化石、花,卷起了浪花……我一低头又潜入海中,慢慢地接近珊瑚礁上的那棵海百合……

是的,欧阳说得对,它是一只有柄的海百合,根固定在珊瑚礁上,环状的茎有二三十厘米高,由环状的骨片组成;上卷的枝叶,似是触手,冠中装有它的所有器官。在水流中,触手舞动,它应是滤食性的,肯定是在捕获浮游生物或有机物。是的,冠的形态我似曾相识,引起了记忆的泛滥——

我与百合花的相遇、相识,充满了诗意、哲理。

那还是30多年前,参加皖南牯牛降自然保护区考察。有天正在山野中行进时,微风吹来淡淡的馨香,不远处几朵硕大、洁白的喇叭形的大花,犹如号角吹奏,嘹亮、婉转,音符却是忽浓忽淡的馨香。研究植物的吴老师看我呆立、惊喜的神情,说:"野百合花。"

作为食物或中药的百合,我并不陌生,但我是第一次见到它是如此美丽……

"它正在告诉你,今天是它5岁的生日。你看,它开了5朵花……"吴老师解说道。

"它一年增加一朵?"我问。

"不错,它以花朵纪年。树木以年轮纪年,藏在内心的深处。但也有张扬的,有种竹子每年增发一杈,是以杈来纪年的……"吴老师说。

"太神奇了——生命。"我感叹。

海百合也是以花纪年的?转而一想,觉得很可笑,无意中我又陷进了动物和植物、历史与现实的穿越。

然而,在植物进化史中,有花植物的出现,却是划时代的事件,从此开辟了更加繁荣、昌盛的时代。

是的,地球上植物世界的第一朵花,是在中国朝阳开放的,那里有一块化石就是最好的证明……

2008年的夏天,我和李老师去东北考察火山群和化石群,同时带了读小学的孙子天初,让他去见识大自然的神奇。我国在西南和东北各有较大的火山群,这种对角线的分布,好像藏着玄机。我们曾数次去探索过云南腾冲的火山群,很想将东北的火山群与它做一比较。

第一站是黑龙江的五大连池的火山群,见识了千姿百态的火山熔岩,从黑黢黢的熔岩的形态,不难看出当年它们从地层深处喷涌而出的壮观:赤红熔岩铺就的熔流浩浩荡荡,或为大河奔腾,或为湖海汪洋壮阔(现为墨色的石海),在残存的塔形、尖尖的喷气口,似乎能听到嘶嘶的喷气声。我们感叹在熔岩上屹立的火山杨——树虽不高大,曲拙的主干,也失去了杨树的挺拔,却满溢着生命的顽强不屈——你不得不感叹大自然无所不能的力量。

第二站是吉林的天池。路途的艰辛、气候的多变,带来了意想不到的收获。都说要想看到天池的真容,必须心诚且要看缘分,因为高山多雾,有的人等了四五天,天池仍被雾锁。早晨,我们刚走出住宿的小镇,就是雾笼群山,游客们纷纷踟蹰不前。我们还是上了车到达终点站。余下的路程只有爬山了。雾更浓了,连山的影子也不见。我说:"天初,是往天池走,还是在这里玩玩?"

"上,上山!我真的想看到最大的火山口能有多大。五大连池的太小了,只像一口大锅。"

攀爬到了天池,眼前只有浓淡不一的茫茫一片,等了两个多小时,风来雾散,混沌洞开……

天初惊呼:"蓝宝石!"

是的,蔚蓝的池水耀眼!

"蓝宝石,快点儿长,再大,再长!"天初跳着、蹦着、喊着。

山的形象渐渐显出了,那一汪蔚蓝漫溢开来,横溢山谷,无边无际。

霎时,眼前的一切又是蒙蒙一片。前后,只有两三分钟时间。

天初说:"啊!这个火山口太大了,还没看到边哩!它喷发时多雄伟!大得像湖,像海,怎么偏偏叫天池呢?"

李老师说:"在川藏高原,巴掌大的一块水塘,水都是蓝色的,都被叫'海子'。但只它叫天池,这是汉语的奥妙,审美的需要。新疆也有个天池,也很大,在雪山下、冰川旁,等你长大了,去看了,就能体会到很多书本上难以学到的东西。"

第三站是辽宁的朝阳化石群,这里是研究古生物的圣地,遗存着在3.5亿至1.2亿年之前,生活于此的珍贵的动植物化石,那是地质剧烈运动、火山间歇喷发的杰作。化石记载着世界上第一只鸟是从这里飞向天空的,第一朵花是在这里绽放的。关于鸟类起源,在学术界争论了很多年,原鸡化石的发现也未能平息争论,后来有科学家提出鸟类是由恐龙进化而来的,引起了更热烈的争论。直到在朝阳化石群中发现了恐龙进化成鸟类的关键阶段的化石,科学家才统一了认识。

天初得到了最大的发现和快乐。

向导是个保护站的中年人,他领我们去看鸟类由爬行动物恐龙进化而来的几个关键阶段——中华龙鸟、尾羽鸟、孔子鸟化石的发掘地。不知为什么,刚见面他就和天初很投缘,一路上只听他和天初说个没完。都是有关化石的问答。途经一片小树林时,天初发现了一个小坑。向导对天初说:"小朋友,你问了那么多问题。下到坑里看看吧,说不定也能发现化石,自己去找答案不是更好?"

天初只是瞅着这个直径不过两米、深只有一米多的黄土坑,可能以为是逗他的……

"下去呀,小学课本上肯定讲了实践出真知呀! 不亲自去发现这里有没有古生物化石?"

天初跳到坑里,捡了块石头看看,又捡一块看,仍然没有动植物的形象。他对向导瞪着眼,意思是:你在逗我吧?

向导说:"你把刚丢掉的那块石头捡起来,看看有什么不一样的地方。"

天初照办。这是一块土黄色的石块,表面光滑,侧面有层次。

天初说:"它也是石头?根本没石头重。这一层层的倒像是书。"

向导说:"你掰开看,像翻书一样。掰开、翻开,小心点,别掰碎了。"

天初没费多大力气就掰开了,惊喜得大叫:"有条鱼!"

真的,光滑平整的石面印有一条清晰的黑色的小鱼,三四厘米长。

向导说:"一两亿年之前,这里气候温和,动植物丰富多样,突然的剧烈地质运动,或火山爆发,顷刻之间将它们掩埋了,再经过大自然的造化成了化石。所谓古生物化石是指人类史前地质历史时期形成并赋存于地层中的古代生物遗体和活动遗迹。这是块泥沙质的沉积岩,别看一层一层,有厚有薄,那一层可都是几千年、几万年甚至几十万年才形成的。"

"能知道它叫什么鱼吗?"天初问。

"来这里研究的古生物学家说,叫狼鳍鱼。看看,它的鳍是不是有些特别?"向导说。

听得天初一愣一愣的,喃喃自语:"大自然真是一本书哩,巨著。隐藏着这么多的神奇,要不,我们今天就不能看到古时候的鱼长什么样子了。"

天初更来劲了,收获也接踵而至,又发现了三尾蜉蝣、叶肢介的化石。

向导说:"小朋友,这几块化石是奖品,就送给你了。"

我问向导,把这化石送给他合适吗?向导说:"这里狼鳍鱼的化石特别多。我们有块化石上,狼鳍鱼有360条。这是个废弃的坑。学校也常带孩子们来这里上课。孩子们也要经历、实践,让他们认识自然、收藏,不是也很好吗?其实,让他们认识真实的大自然更重要。"

果然,李老师也有收获,就在坑边的碎石堆中拾到好几块狼鳍鱼,似是蜻蜓、铁树的化石，但都没有天初的这块完整。

参观化石博物馆时，重点当然是鸟类由恐龙进化而来的几个演变阶段的化石。之后，就是世界上绽放第一朵花的辽宁古果了。化石不是太大，有两根枝条，需要在放大镜，或是显微镜下才能看到它的花和果。好在旁边有一手绘图，说明牌上还有文字：被植物门，双子叶纲，古果科。

没看到花的原貌是种遗憾，但它可激发想象中的美丽。因为就是它代表了最古老的被子植物的出现，把被国际公认的被子植物的出现向前推了1500万年，对研究生命的进化具有重要的意义。总之，朝阳热河化石群解决了演化问题的世界悬案，有鸟类的起源、被子植物的起源、现代哺乳动物的起源、昆虫与开花植物协同演化，无疑是窥视大自然奥秘的天窗。

这是我第一次见到在世界上绽放的第一朵花。花的出现，是植物进化中划时代的成就，有花，才有果实，才有生命在更大的范围传承，才有更加繁荣、多彩的植物世界……它给我们的印象是那样深刻与难忘，以至于我们回来后，就计划尽快往贵州赶。

不久，我又再次到贵州去考察黑叶猴、杜鹃花以及荔波喀斯特地貌中的森林。海百合将我们引到了安顺。时间只有半天。一到安顺就直奔化石博物馆。馆中收藏的珍贵化石，主要是贵州龙和海百合。

贵州龙是1995年古生物学家胡承志在贵州发现的，后经中国科学院古脊椎动物与古人类动物研究所所长杨钟键教授命名为"贵州龙"，比恐龙要早2亿年。2亿多年前新物种的发现，轰动了古生物学界。但它不是恐龙，只是具有中华传统中"龙"的模样。它脑瓜儿小，脖子长，体型宽扁。宽大的脚掌、细长的尾巴，适宜于水中游泳；四肢长有趾爪，能够爬行。在两亿多年前的中三叠纪时,是个很繁盛的种族,形态多样,大小不等……

海百合的化石琳琅满屋,石板上一幅幅天然水墨——杆上花朵下垂,似是一朵朵含苞待放的花朵,熠熠发光,栩栩如生……

发现海百合的故事,得从贵州多山,山民取石铺路、建屋说起。天长日久,日晒雨淋,人踏马行,铺路的石板上现出了花纹,有茎有叶有花,很似朵朵荷花,令人惊奇。它们被科学家发现,原来是海百合的化石。

2001年,美国海关发现了一批来自中国的走私化石,有九十多箱,十几吨。按照《国际法》,这批化石归还给了中国。经过专家鉴定有100多件。其中有贵州龙化石,数量最多的是海百合化石,共有89块。

这89块海百合化石中,有一块异常珍贵——它扎根在一根圆木上。通常,有柄海百合都是立足于海底或礁石上的,它是目前发现的唯一附着在圆木上的海百合。这一奇特的现象不禁令人浮想联翩——它是一棵什么树?如何漂浮到大海的?海百合和它是偶然相遇,还是专门找到它的?海百合乘上这艘独木舟,是为了旅行还是为了猎取更多的食物?是生存的智慧……

经过专家鉴定,这些化石都是产于贵州,这些海百合都是生活于2亿多年以前的海洋。也就是说,今天群山拔地而起,峰丛林立的"地无三尺平"的贵州,在远古时却是蔚蓝的大海。沧海桑田的巨变就是如此生动地展现在人们的面前。

当然,海百合化石的价值不仅如此。

据说,海百合化石以花朵愈大、愈多,晶体亮度愈强为贵。曾有人转让了一块高2米、宽1.2米的海百合化石,10多年前的价值就已是一千多万元。

有一块海百合化石——高3.2米、宽2.6米,其价可能上亿元,是某博物馆的镇馆之宝。

世界上最大的海百合化石,当是贵州的收藏:它竟高达4.8米,宽1.9米,面积为9.36平方米,其上有关岭创孔海百合21朵,许氏创孔海百合15朵,最大的单株冠部直径为40多厘米!

海百合化石的价值首先当然是科学研究,它不仅是发现了2亿多年前的新物种的证明,同时也说明了贵州关岭地区曾经是海洋、气候、生态良好,曾孕育了丰富的生物物种,因为海百合对环境要求高,也可称为环境指示物种。另外,不同地质年代的化石,也隐含着地质的变迁……这些都是难得的科研资源。

海百合化石,是大自然几亿年的杰作,天然的艺术品,审美价值极高,否则就不会有人铤而走险,盗掘盗卖。

北京自然博物馆举办过海百合化石展,曾引起了轰动,一对老专家还将自己收藏并研究过的两块海百合化石捐赠给了博物馆。

文化是一个国家的软实力,我们去法国总是首选卢浮宫,到英国谁也不会放弃去大英自然博物馆。在我国,若与故宫相比较,自然博物馆的影响力当有更大的努力空间,特别是我国有那么多的自然遗存,足以向世人弘扬中国的美丽……

想到此,我不禁在海浪中久久注视着屹立在珊瑚礁上的这株海百合——活化石。

欧阳说海百合还有无柄海百合、红艳艳的五角星海百合,它们若游动起来,那该是一幅多么美妙、生动活泼的画卷!

我向往着、期待着与它们相见。

第四章　星星海

海底夜行客

今晚升起的圆月,略施淡淡的胭脂,如少女般娇美,大海显出无尽的妩媚。

这是个好日子。欧阳应我们的要求,我们等了好几天。好日子总是有奇遇——去看海底的星星。

大海也和陆地一样,有很多夜行客——喜欢夜间活动的动物。

还是在那个海湾。我们做着潜水的准备,李老师忙着准备钓钩、鱼饵。

欧阳除了试试抛锚地的情况,又特意加了根缆绳拴到岩石上,确定万无一失,才说:"李老师,除了小石斑,没有斤把重的鱼,一定要放掉。碰到提不上来的鱼,先把钓线绕到这个桩上。听到缆绳咯嘣响,赶快割断钓线。这里有鲨鱼、灰鲸,千万别贪大硬来,安全第一。渔叉放的位置看清了吧?我也是胆大妄为,带着你们来夜潜,出了事我可负不了责任。"

"钓鱼不是头一遭了,跟着阿山出海哪次不惊险?保护渔业资源我懂。放心吧!"

"今晚就你一个人啊！我们在海里,阿山还在永兴岛。"

听他这么一说,我也开始为李老师担心,虽然我无限向往到海底去看夜行动物,她也跟我在山里跋涉了几十年,可毕竟和大海相处的时间短,还是将她一个人留在这荒无人烟的小岛上;而且今晚欧阳还特意带了猎刀、渔叉,预示着危险系数增加……

李老师已看透我的心思,说:"别婆婆妈妈的,快去,傻人有傻福!"

一投入大海,我不禁打了个冷战,四周一片漆黑,像陡然跌进了黑洞一下失去了上次潜水时的美妙感觉。

正在惊恐之际,突然想到灯。我怎么忘了？灯一亮,虽然照的距离并不远,但鱼的游弋、虾的蹦跳、海藻的漂浮……生命的繁荣,使心境瞬间充满了阳光。

游了一段路,发现夜晚的大海有另一种韵味,灯光的明亮与湛蓝的海形成了另一种光晕,朦胧美。

光束前是流动的风景,鱼、虾匆匆来去,玳瑁却伸着脖子、瞪着小眼不动。有时,密密麻麻的小小的浮游生物也来抢镜头,闪着光,却一直追随灯光。是光还是来追捕浮游生物？

这是一片珊瑚、海藻繁荣的缓坡。白色的珊瑚沙上,趴着形形色色的贝类,还有一二十种鱼。生物特别丰富。

哈哈,珊瑚原来是如此生龙活虎！

每一座珊瑚似乎都是毛茸茸的,像是长满了汗毛,但那些发亮的汗毛像是在晃悠,不,简直像在手舞足蹈。

可白天在海底看到的它们,虽然色彩缤纷、形状万千,但个个都像是雕塑,矜持,自重,纹丝不动。现在却如此生动活泼,海水似乎也在荡漾……

怀着满腔的喜悦和莫名的激动,浮出了海面,我急匆匆地问欧阳。

欧阳说:"那是珊瑚虫在猎食,一切生物觅食是第一要务,也是以食为天。只有生存才能发展。别看珊瑚虫很小,它也长着触手,也是用触手俘获浮游生物。"

我问:"珊瑚虫长那么多触手？毛茸茸的一片!"

欧阳说:"当然! 触手越多,猎食不就多了？一般说来,它们的触手是六的倍数或八的倍数,所以我们又称它为六放珊瑚或八放珊瑚。别看珊瑚虫很小,但它们是集群生活,很多珊瑚结成一个群体,有的还共用一个口吃食物。"

想了一会儿,他又说:"其实很多珊瑚虫都是夜行客。白天,只是让体内共生的植物虫黄藻晒太阳,进行光合作用,制造营养,夜晚才是珊瑚虫狂欢的时刻……也只有夜晚才能看到它们的真实生活状态。是感动于你们那样关心海洋生态,我才胆大妄为带你来夜潜,要不然借十个胆子给我也不敢。"

我们在珊瑚丛中转了几个弯,就到了目的地。今天主要是考察贝类。贝类多是夜行动物,所以我们选择晚上来观察。欧阳带我转了一圈,大约是让我对考察地有大致的印象。

他停下来,灯光照射在一个扁平的、正趴在礁石上的贝壳上,黑褐的壳下伸出了红色的触手刮着绿色的海藻,刮下的海藻立即不见了——是舌头,不是触手。

欧阳伸手将它翻了过来。

触手、舌头早已收起,袒露着乳黄色的肉体,平躺在壳盘中。还有一半壳呢？怎么,它是单壳贝类？贝类动物不都是筑成双壳保护自己的吗？它怎么少了一半?……

啊!是大名鼎鼎的鲍鱼!何至于我当时不敢确定?古人不是也把它称为"鱼"吗?

数数壳边有几个孔,那是它和外界交流的通道。平时它只趴在珊瑚礁缝里、沙底——欧阳的手势大概就是这意思。

好像是九个。对,我想起来了,渔民叫它九孔螺。我曾捡到过它的壳,内面有艳丽的珍珠釉,简直像是彩虹。

后来欧阳告诉我:"它和海参、鱼翅齐名,特贵。市场价格使它遭到了厄运,在这个海域,只有这个地方还能见到。要不是读过你的热爱自然的作品,谁,我也不会带来的。"

虽然它的外壳形如耳朵,不知为何中药名却叫"石决明",据说有清热、平肝的功效……

突然,有粉红色撩眼,从下方的白沙中冒了出来,是粉红、鲜红、胭脂红相间的白嫩的肉体,从壳口伸出,正踽踽爬行。它太小了,白白的壳,只有一两厘米长。

欧阳说他也叫不出它的名字,准备回去问老师。最袖珍的贝壳只有几毫米大。

是的,很多贝壳都从海底的沙中爬出来了。它们白天都藏在沙子、珊瑚礁的缝隙中。此时这里那里都闪着彩色的亮光,犹如夜晚幽蓝天空闪烁的星光。

啊!它们是闪烁在大海深空的灿烂明星!

欧阳的灯光照在像个窝窝头的海螺上——雪白的螺壳上密布着黑芝麻

点,奇妙在伸展在壳口外洁白如玉的肉体也点缀着黑点,而头部却是一抹淡红,是另种别致的美。

欧阳说,渔民好像叫它玉兔螺。还真有其风范哩!

虎斑贝我认识,因为其壳上黄黑相间的斑纹如虎斑,一眼就能看清。它们总是两两依偎在一起,相传雌雄不离,若有一只遭到不幸,另一只肯定郁闷而殇。有人称它为爱情贝。在远古时期贝壳是货币的时候,它的价值很高。

五彩斑斓的珊瑚和贝壳散发的釉彩,常使我想到瓷器的彩釉,那是经过火的煅烧、洗礼才出类拔萃,充满了美学哲理……

难道大海也是熔炉?

隐形杀手

我发现了一只"辣椒螺",形状活似辣椒。螺口在侧面,橙色的螺体上布满了环状的斑纹,很美。它横卧在沙上,螺口敞开。太奇异了,应是肉体处却泛着隐隐的绿色,或是眼睛?

我慢慢接近,但螺口有一边向里旋了一些,似是屏风,很难看清庐山真面目。我想学着欧阳伸手拾来看看——

一股强力将我推出,眼看就要撞到珊瑚,却又被一把拉住……

芋螺?

那是"地雷"!我吓得心惊肉跳。

我向欧阳表示了深深的谢意。

大约是欧阳紧急中又推又拉,搅起水波,鱼儿们纷纷游来,只见有条黄色斑纹的小鱼刚到芋螺身边,螺口突然有一线挺出,收回,伸缩之间如闪电……

那小鱼摇摇晃晃几下,竟沉到沙上。芋螺爬过去,张口就吃……

我听说所有的芋螺都是肉食性的,它不像只吃海藻的螺、贝温驯;它们都有毒,但螺身是藏在壳里的,从外面看难以分清,使得这种隐蔽性的攻击能发挥最强的杀伤力。它口中含有毒针,只要见到猎物,就立即射出,再收回。毒针终生可用,不像蜜蜂的毒针只能使用一次,而且也结束了自己的生命。

欧阳发出了严厉的命令:重温训练课中应警惕的事项!

是呀!我怎么就经不住美丽色彩、奇特形象的诱惑呢?老师明明说过,大海中不仅有凶猛的鲸、鲨,还有藏着毒刺的贝壳、鱼虾哩!有的芋螺毒是致命的,在海滨浴场常有这样的报道。若不是欧阳眼疾手快,又推又拉,被它刺了一针,受罪不说,现在立马要回了……

欧阳做了个上浮的手势。他是要我平复一下情绪;再是,怕李老师着急。

欧阳说:"回吧,吓得我一身冷汗都没干哩!"

"再不敢乱说乱动,保证!"我说。

小艇上的灯光映着李老师,她正手执渔叉站在船舷。海面不时地响起水花,鱼上钩了?

我第一反应是赶过去看看,但又怕欧阳就势收兵。

"没事。特大的鱼要拖着小艇跑。她把保险带拴得好好的。"

欧阳的话使我忐忑的心定了,于是我高喊了声:"要我们回来帮忙吗?再不行就把钓线割断!"

"没事,忙你们的吧!"她很从容。

"你再发现奇怪的东西,先通知我。紧紧跟着我,我知道你想看什么。"

下潜了,还是在珊瑚和海藻中转悠。他的灯光照在一个黑疙瘩上,不像礁石,因为外面裹了层麻癞癞的外衣……

齿舌——武器

欧阳的手势好像在说,记得南海的四大名螺吗?你运气好。

我当然知道收藏家们珍爱的四大名螺。但他们看到的、收藏的都是空螺壳,很多人终其一生,也未必能见到四大名螺鲜活多彩的生命。但这个麻癞癞的石疙瘩是螺?哪有一丝一毫螺的色彩?然而欧阳是博士……若从生存环境看,绝不可能是鹦鹉螺,因为鹦鹉螺生活在水深百米的海域。若从外形看,它不是喇叭样的凤尾螺,更没有唐冠螺硕大的身体,就算是正在成长的,壳底也没有长出硬角……对,它像个握紧的拳头。

我用手势问:是万宝螺?

他用手势比画了半天,我猜想是说:漆黑麻癞癞的外套,是它的隐身服,既保护了螺壳……

"谁能吃了它?它可有又厚又沉的螺壳。"

后来,他告诉我:"你忘了动物界基本法则?每个个体,既是掠食者又是被掠食者。有种鲨鱼就喜欢它的美味。你上次说遇到的海蛇,鲨鱼却是它的所爱啊!几十、几百条海蛇围上去,注毒,又钻洞,不说顷刻之间,那也要不了多久,鲨鱼就只剩一堆白骨了。可海蛇也只是食物链上的一环……"

"海蛇的天敌呢?"

这家伙,先是指指我,又指指自己。我们相视而笑。

我看到一个白色的大贝,有两个巴掌大,我这次接受教训,先指给他看。

我们浮出了水面,他说:"你以为是砗磲?那是蝶贝。扁形的,珍珠养殖场多的是。它长珍珠,海珠比淡水珠更名贵。"

我问:"渔民说鲨鱼肚里有珍珠,是吃了它留下的。你见过?"自听了这样的故事,我心里一直在置疑。

"没见过,似乎有可能。"

"这是扇贝不会错吧?"它半掩半露,壳也半掩半开,雪白光滑的肉体,像是懒懒地昏睡在沙上,不注意还真难发现。

欧阳说:"是旗江珧。你在西沙南海海洋博物馆,一定见到过壳内闪闪发光的珍珠釉彩。艺人用它做高档服装上的纽扣,从不同的角度看,光彩异常,犹如宝石。往那边去,我带你看样你一定想看的。小心,要进珊瑚丛。"

又潜入海底,没一会儿,他的眼神净在礁石上搜索。他停下了,指了指礁石上的一块稍凹处—— 一个个如葡萄般的、水晶晶的泡子,附在褐色的珊瑚上。看不清泡泡里装的是什么。

我问:"鱼卵?哪种鱼的?"

他又领我浮出水面,说:"是卵囊,凤尾螺的。附近很可能还有。它一年要产好几次卵,每次有几十个。凤尾螺你肯定见过,但它的卵囊是有缘才能见到。"

"对了,你是研究怎么保护珊瑚的,长棘海星是珊瑚的头号天敌,凤尾螺却是消灭长棘海星的主力。但凤尾螺因为太美了,遭到滥捕,你们是在研究如何恢复凤尾螺的种群,抑制长棘海星的爆发,维护这片海域的生态平衡?"

欧阳笑得很灿烂、很得意:"我们正在实验站里搞孵化,再将幼苗投放大海。"

说完他又潜入海中。

说海星,真的就见到了海星,不过并非常见的红色,而是翠蓝色的,辉映得海水也明亮起来,像个翠蓝的五角星在海底慢慢地移动。嗨,不远处还有一个鲜黄的——

海星以各色的鲜艳外装作秀,还是保护色?

我正想往前去探查有无紫色的、绿色的……被欧阳一把拉住,他要我待在原地观察。

顺着他手指的方向看,一只大螺正在沙上慢悠悠地爬行,光滑发亮的触手移动着,悄无声息,像是在滑动。是唐冠螺,它的外形很像唐朝的僧帽。螺端伸出的五六个硬角,更是它鲜明的特点。

是信步由缰?

不,从它的形态看,是去猎食。这样美好的时光,还有什么比品尝美味更快乐?但在我的想象中,这附近似乎没有它行猎的对象呀!

但它确是向蓝海星接近。然而,海星是棘皮动物,身上长满了刺疙瘩啊——防身的铠甲——但我判断有误,因为海星似有察觉,立即迅速逃离。

嗨,神了,唐冠螺是跳,是蹦,是跑——水的折射模糊了它的动作,但结果是能看到的,它抓到了蓝海星。那细皮嫩肉毫不在乎棘皮上的短刺……

我确实知道海螺在紧急时能跳跃追击,若不是亲眼见到,真的难以置信。

它伸出了舌头,竟然在棘皮上动作起来,是注射毒液,还是企图揭开棘皮?

待到它如此这番作业了三四次,嗨,它的嘴贴上蓝海星了。亲吻?感谢上苍的赐予?不会吧?哪有吞食猎物时,还举行这样的仪式?

我渐渐看出唐冠螺的技巧了——它的肉体收缩的形态,显示了似在吸食——一会儿就得到了验证,蓝海星瘪了,像是泄了气的皮球……

浮出水面时欧阳说:"唐冠螺的齿舌(对,不是一般的舌头),很特殊、锋利,有刮刀和钻子的功能,像是钳工的装备。它先在海星棘皮上钻几个洞,再去把肉吸完。很多肉食性的螺都有这样的齿舌,有的齿舌是各种刀片的组合,还能锉!"

我只有感叹,它们竟能把猎食的武器"做"得如此精致!防卫武器当然也如此。我想起一位武士的塑像——他右手执矛,左手握盾,动物不都具有攻、守这两样武器吗?就看怎样玩得转了。生存的哲理既简单又深奥!

鱼也套睡袋?

有只外形很像蜘蛛的螺,正向藏在珊瑚形成的半穹隆爬去,仔细搜索,才发现有两条鱼躲在那里。螺渐渐接近,可那鱼却仍呆头呆脑地停在那里,不前不后不左不右地悬浮着……

是死鱼?死鱼应翻起肚皮浮到水面。

直到那螺抓住了一条,另一条才如梦初醒,一甩尾,溜之大吉。

我很惊奇……

螺利用它们酣睡时,发起猝不及防的偷袭。人类战争史上,不是有很多以夜袭取胜的范例吗?这是海底夜行动物的有效战术。这就是它们要夜间才活动的原因。

"鱼也睡觉?"

刚做完手势,我就为自己的蠢笨而懊丧。

欧阳很宽容、厚道地笑了,比画着手势,那意思是说:它们也要休养生息。只是睡眠的时间、方式各不相同。走,看你运气如何,能不能看到你上次见过的那位朋友。

欧阳领着我在琼枝玉叶、荧光点点的珊瑚丛中东瞅西瞧,转悠了好一会才停下,灯光正照着一个缝隙——

这不是鹦鹉鱼吗?它在玩什么把戏?正吹着泡泡!千真万确,它吸水,再吐出,就成了泡泡。再吸水,再吹,那泡泡越来越大。

神了!大泡泡把它罩起了,它就置身在这个大泡泡中了!像只蚕。泡泡是透明的,像个玻璃球。

鹦鹉鱼似是审视了一番,很满意,停止了动作,随着水流渐渐晃动……难道水上乐园中孩子们爱玩的塑料球,是向它学习的?

欧阳一声不发,我实在忍不住了,问:"它是睡觉?"

——我用手势问。

他的手势好像在说:

"睡袋都造好了,防卫设施也安置妥当。既阻碍了气味的扩散,又挡住了寄生虫的侵扰,干吗不享受'海风轻轻地吹,海浪轻轻地摇'?"

匪夷所思的生存智慧!

真是大开眼界!就为看这个场面,冒再大的险也值!

"它这样就平安无事了?"我问。

"当然不是。但的确是有效的防护措施。然而有种鱼会放生物电侦察,锁定了睡袋的位置,悄悄接近,一口吞下——鹦鹉鱼就成了'作茧自缚',聪明反被聪明误了!不要伤感,生存竞争才创造出繁荣、发展的大自然……"

——我翻译了他的手势。

我用手一指——喂！快看！

珊瑚丛中，升起一个个细小的水泡——我在来的路上已看到，但那只有两三处，怎么只一小会儿就这么多了？是浮游生物趋光？

"好运来了！"欧阳环顾四周，他做了个上浮的指示，刚出海面就乐得声音发颤，"回艇！这里险象环生，危机重重，还看不到好节目。"

海底冒出的水泡浮到海面，一炸裂，粉红一片，像朵桃花……

李老师神色淡定，可我们正在往艇上爬，就听到鱼的蹦跶声！哇！好一条大红鱼！有五六斤重，几条小鱼已黯然失色。

欧阳竖着大拇指，好一会儿才说："李老师，李阿姨，你真棒！能把这样的大鱼钓上来，有勇气！听渔民说，过去鱼汛时，一人一只小艇，半天就能钓一两百斤这样的红鱼，沙滩上、刺竹上晒的都是鱼干。现在少多了！"

我也凑趣："说说，怎样把它提出水的？"提鱼是大学问，不仅要有力气，还要有技巧。

"没什么。我是傻人傻办法。挣不过它，它在水里力道太大，我就把钓绳拴到桩上，尽它挣扎。它不动，我就提鱼线，用渔叉打水，直到它精疲力竭漂到海面。比不得你们海底探险精彩……怎么这样匆匆忙忙上来了？不是说还有好节目吗？"

"马上开演。把灯关了，泡杯茶，静观其变，尽情看吧！"

"一点都不能透露？"

"别剥夺了你们发现的快乐！"

螺壳上的宇宙演变

好一轮又大又圆的月亮悬浮在高空，大海呈现妩媚之态。

圆月丰盈,大海辽阔,淡红绕月,难得的奇景。

吹着海风,品着茶水的甘醇,听着波浪的絮语,看着海面朵朵银花,身心舒泰地期待。

欧阳说:"看两点钟方向。"

是的,那里怎么集聚了那么多的白色海鸟?海鸟不是夜行动物,平时偶尔看到也都是匆匆的过客,现在月色清辉中却如此上下翻飞,纵横驰掠,是有鱼群赶来吃大餐?

月光下,那片海域正在变色,泛起的波浪,增添了更多不确定的色彩……

李老师问:"红了,像是绯红。是浮游生物群集?"

欧阳没回答李老师,是沉浸在遐想中,还是……

难耐地等待。

"带子,像是粉红色的带子!"

李老师悄悄地表达的惊喜,激起我的思绪:

"我敢确定是粉红色的。"

"你能确定?"李老师诘问。

我理直气壮:"当然,我看到它从珊瑚丛升起的。"

是的,那条红带子渐渐泛滥,愈来愈清晰。在月光的清辉中,焕发出了魔幻的色彩。是呀,那里的浪花逐渐激烈,沸沸腾腾,像是大滚锅,还有大鱼跳到了海上……

是的,神不知鬼不觉中,各路的海鸟也赶来了,群集飞掠海面……像是盛大的宴会开始了!

李老师忽有所悟,乐滋滋地说:"啊!是珊瑚集体产卵,鱼呀都赶来享用高蛋白的美味。这么多鱼的大集合,又引来了海鸟。食物链就是奇妙……我们上次在珊瑚岛看到的是白带子呀,珊瑚卵的颜色也不统一?"

欧阳说:"我也见过这样的报道。不是没有可能。首先是珊瑚的品种多样,再是月光下,距离又远……"

我想,这是小小珊瑚虫的生存策略,集体产卵,任你吃得腰粗肚圆,任你胀到喉咙口,但总得留下一些吧。以多取胜,以集体的力量维护种群的发展。

李老师像是自言自语地发出了一连串的疑问。

欧阳陷入了沉思,没有回答。难道这也是他研究的课题?

"喂,小伙子,大博士,你怎么就特意挑个月圆的日子?"

点名了,欧阳仍没回答,只是憨厚地笑着。我顿时想起,据说珊瑚的繁殖方式多样,但每年只有一两次在圆月娇美的夜晚,才举行这样隆重的集体婚配。

是的,月球是地球的唯一卫星,它的吸力牵动了大海的潮起潮落,直接影响了海洋的生态。难怪很多海洋生物的习性都与月的圆缺有着关联、感应,与潮的大小更有直接的关系。它应是我们生物圈中的一员。宇宙万物是相互关联的啊!

海洋生物中,与月球有关联的典型应是鹦鹉螺,它的螺壳上不仅记载着月球与地球运动的演变,更揭示了宇宙发展的趋势。

人们常常津津乐道的只是它在仿生学上的意义。鹦鹉螺被称为活化石,在四五亿年之前,脊椎动物尚未萌生的年代,它是海上的巨无霸,身长可达十米。但至今它都没有大的变化,依然生活在一百米的深海区。它壳内有许多隔层,充气或排水即可沉浮自如。仿生学的成就是人类制造了潜水艇,因而无论是以电、以核能作为动力的,第一艘潜艇都被命名为"鹦鹉螺号"。

其实,最为神秘的是它壳上记录的宇宙信息。鹦鹉螺平时只生活在深海,夜晚出来觅食,但只有圆月娇美时,才群集浮到海面上。这引起了天文学家的注意。它的白色螺壳上,印有橙色的火焰式的花纹。壳并不光滑,有纹。天文学家发现,这些细纹有规律,如同树木的年轮,但不是每年增加一轮,而是每天长一条,一隔为一月。每隔波状生长线是这月的天数。

研究结果表明:在距今四亿多年时,月球绕地球一周,只需九天,也就是说那时只有九天月相就要重复一次,就是一个月。

以后每月的天数在逐渐增加,到距今一亿七千多年时,它一隔的纹已有十八条了,一个月有了十八天。

到了距今四千万年时,它一隔已生长了二十六条纹,一个月有了二十六天。这已渐渐接近我们现在的平均每月二十九天多点。

这说明了什么呢?说明了月球与地球越来越远。

它科学吗?与宇宙的演变一致吗?

关于宇宙演变,一直有着热烈的争论,譬如宇宙大爆炸究竟发生于何时?直到科学研究技术的发展,能够追溯到宇宙的形成,科学家才统一了认识:宇宙大爆炸的时间应是距今一百三十七亿年前。更令天文学家惊奇的是,宇宙至今仍在不断地膨胀!

月球与地球越来越远的事实有了证明。

我想,珊瑚集体产卵,还可能是因为圆月夜,肯定是大潮。大潮可以将它们的卵带到更遥远的海域,使它们的子孙在新的地方繁育、生长、壮大。就像植物的种子,它既是妈妈的孩子,又是孩子的妈妈,因而如何将种子传播得更远,就成了生育工程最奇妙的创造。

有的植物的种子外长有果肉,是以酸甜的果肉引诱动物来吃,代它传播。柳树的种子柳絮,让风替它播撒。紫藤的种子成熟后,豆荚爆裂,将种子弹出。更有一些种子生出翅膀,可在天空滑翔……世界上,没有比生命更为神奇的了。

其实人类也是如此,据说人类是从非洲走向欧洲、亚洲和美洲的。民族迁徙史更是民族学家的重要研究课题。对一个家庭来说也是如此,我国的家谱是世界上唯一的记载家族迁徙、发展的最宝贵的资料……

人类至今不都还向往着移居月球、火星吗?

欧阳的不回答,其实是最好的回答。好的向导也如老师一样,并不满足对课文的讲解,而是开阔学生的眼界,引导你去思索。

那晚,我和李老师讨论了很久,兴奋了很久,只有在大自然中,才能感悟到生物圈的神奇。发现是快乐!

珊瑚卫士

今天去看海底摇摆舞,访问杰出的演员。

这种水下摇摆舞,不是你想象的那种狂热,自有一种曼妙、柔美的韵味。

热带的阳光总是那样辉煌,海上有风浪,不大。

欧阳把小艇开得飞快,犁出的水波与海浪相激,溅起的银花上现出了流动的彩虹。

他在几个小岛间转悠,最后停在银色的沙滩边。我们忙着穿潜水服。

欧阳说:"阿姨,今天要再钓到大鱼,最好是把钓线割断,或扔掉。这里常有鲨鱼出没。"

"我才不傻哩!这样好的银沙滩,能放过?谁说一个人就不能探险?我只把钓线拴到船尾——姜太公钓鱼,愿者上钩。回来可要讲述海底摇摆舞啊!"

刚下海,我就感到与去过的海域不一样,有些荒凉,大片的沙地,珊瑚零零星星,海藻难得一见。转了两个弯,迎面才见到珊瑚礁,但多是灰白的、黑褐的,没有珊瑚虫的荧光。看样子早已只剩一堆遗骸了。

欧阳的手一指,我看到左前方一团乌黑的东西,似乎在向我们逼近,没头没尾,心里一凛——那次捕飞鱼,遭遇海魔鬼的惊险、恐怖景象,瞬间映出吓得我转身逃避,然而却被猛然拉住……

嗨!哪里是那幽灵?分明是四五只海豚!就在这闪念之间,它们已欢快地游到了身边。准确地说,是欧阳已迎了上去。

看,有两只正用嘴在他身上蹭着,还有一只欣喜地叫着。欧阳把手送给这个亲亲,又挨次在它们头上拍着。海豚们绕着欧阳一会儿侧游,一会儿肚皮朝上仰游,欧阳也就势学着它们表达欢快的泳姿,只是学不了它们那种鱼跃式的动作……

联欢的场面看得我眼馋,心痒痒地说:"我能抚摸它们吗?"

"当然可以。我们是老朋友了,自从认识之后,我每次到这里来看珊瑚生长情况,它们都知道,总要赶来乐一乐。太聪慧了!"欧阳骄傲地说。

我壮着胆子靠近,正当那一排尖锐的牙齿使我畏缩时,它却一下就拱到我胸前,慌得我又想摸,又想抱……

"抱抱,它会很高兴的。"欧阳说。

我仍然只是做了个姿势——虚抱,倒是任意抚摸了它们光滑的脊背。瞬间,我感到一股莫名的情绪在心里弥漫,浸润到全身……是相互感应?它的快乐给了我欣喜……我似乎忘了在哪里,或是与大海、海豚融为一体……

等它们玩够了,欧阳才领我向前。

在珊瑚礁中,这里那里是一排排平放的框架,显然是人工放置的。

到了近前,才看到框架上有格子栅栏,在板上附着一些绿色的小海藻、指头大的珊瑚。柱头上的荧光闪耀着生命的光华!眼前景象似曾相识……对,是他们在永兴岛上的试验站。

利用出水的时间,我问:"是你们放养的珊瑚?"

"从实验站移来的珊瑚虫,移来的时间不长,正在试验,看看能不能恢复这里珊瑚的种群。你看,长势很好啊!珊瑚的命运也和其他生物一样,全世界已有两成死亡,还有两三成濒危。我国近岸珊瑚已损失了七八成。"欧阳边说,边用手拂去那上面的沉积物,"最可怕的是人类制造的污染。人们总以为大海什么都能装,垃圾、废水、污秽统统往海里倒;连离城市这么远的试验区都躲不开,隔三岔五还要派人来清除落在框上、珊瑚上的沉积物。"

又捡到两个塑料瓶,还有塑料袋、破布、烂渔网……

"珊瑚生态系统号称海底绿洲、热带雨林,失去了珊瑚提供的栖息地、食物,少说也有一两千种海洋生物要失去家园。"欧阳说。

"我带你来看看这边的。"欧阳又指着另一片珊瑚说。

这片珊瑚似是正在恢复的状态,它不像我们上两次看到的群落,一派生机勃勃,而是这里一片那里一片,间杂着一块块的灰白。

欧阳拿出钳子,从一棵长势很旺的珊瑚顶端剪下一枝,然后栽到珊瑚礁上。

"它还能移栽,像栽菜一样?"我问。

"我们正在试验。你看,这些移栽过来的,还没到半年,都已长了两三厘米,我们很受鼓舞。当然,还有很多技术问题需要研究。"

我向他敬个礼,又竖起大拇指。

这么一大片的珊瑚正在复壮中啊!

跳摇摆舞的

跟着他又游了一段,看到前面的海底沙坡上像是出现了苗圃。

白色的沙坡坡度不大,微微下倾。那树苗不粗,无枝无叶,真像前次看到的鞭柳珊瑚丛。

又游近一些,欧阳下达了停止前进的指令。

多奇异的景象——百多平方米的海底,林立着的它们或俯或仰,或左拂或右转,如杨柳一般,婀娜多姿,仪态万千,风情无限,曼妙柔美极了——

啊,另一种摇摆舞!

当然不是什么鞭珊瑚,更不是柳珊瑚。它们长着一双双圆圆的大眼,顾盼之间,神情生动,黄褐色、圆滚滚、肉乎乎的身上,点缀着黑黑的斑点,充满了风韵。

这真是一个充满生命律动的花园。

我用手势问:"花园鳗?难怪得了这个浪漫的名字。"

他用手势回答:"还能真是红树林中冒出的指根?"

我问:"不能再近前看看?"

他回答:"不行。美是要有距离的。它们害羞。"

有一群鱼向那边游,距离还有一两米时,近处的花园鳗顷刻消失——缩回沙中了。

是生性胆小畏人,还是机灵警惕?

而另一群又缩回沙中,一波接着一波起伏……像是风拂花甸。

鱼群走后,它们又从沙中钻了出来。有灵有神的大眼巡视四周,看看平安无事,才又慢慢伸出半只身子,随着海水的波动,摇曳俯仰。

是在捕食?边舞边食?太浪漫了。

欧阳证实了我的猜想。

六七只海豚来了,平时在陆地或船上,看到它们跃起、落下,总能想到海上芭蕾!但有了刚才的亲密接触,才知它们在海中的游姿,却是鱼雷般快速。

我问:"是你的朋友追随来了?"

他答:"不是那群。"

嗨,摇摆舞和芭蕾舞同登一台,那么奇妙,精美绝伦!

它们只在上层游弋,侦察般地兜了几圈。

像是听到了号令,海豚们一躬身,迅速向密集的花园鳗方向俯冲。

但距离还有一二十米时,似是飓风前哨已到,正跳着摇摆舞的精灵们顷刻销声匿迹,无影无踪!只有一片平坦的沙地、稀疏的海藻。

哈哈!海豚,尽管你是游泳能手,速度快如闪电,却也有失手的时候啊!

海豚们没有丝毫的气馁、沮丧,反而快乐地将嘴贴到了沙上。

这是干吗?要掘地三尺?

海底突然浑浊起来,扬起沙粒。

是在吹气,练气功?

不妙!沙中露出了花园鳗,尽管还在惊慌失措地向底下钻,海豚哪里会放过这样的好机会?真是道高一尺,魔高一丈……

心里很纠结。海豚这样大快朵颐,不要多时,还不把这片花园鳗扫荡干净?

不,花园鳗肯定还另有高招,要不然我今天还能看到它们?

怪,正吃得兴起的海豚,却向海面浮去,只做小小的洄游,并未离开,是为了呼吸空气?

我本能地向海豚上浮时眼神注意的方向看去——

好家伙,来了一条大鱼。黑色的背,三角形,像个蝙蝠。两边一扇,犹如滑翔,正贴着海底悄悄接近,距离轻歌曼舞的花园鳗还有三四米时,已将一条鞭子甩了过来,霎时间,几条花园鳗已被腰折,弥漫起殷红的血水。

我惊得差点叫出了声。

欧阳已拉起我后撤:"我们往边上退退。它的尾巴很长,能越过自己的头顶袭击猎物。是攻击和防卫的武器,千万注意!"

尾巴如鞭?常说"鞭长莫及",它却是这样准确、这样有力。它是谁?

我们赶紧出水。我搜肠刮肚才想起:"是电鳐?"

"是一个家族的,尾部也放电,但没电鳐放出的电的电压高。尾巴却厉害,基部有毒刺。它只算中等的,大的更可怕。"

花园鳗早已钻回沙中。

那蝙蝠样的大鱼,竟然把嘴插到沙中,就像用犁起山芋,一路犁去,花园鳗纷纷暴露。它吃得兴起时,竟径直向我们这边奔来……

"走！它可不好惹！"欧阳说着就硬拽起我。我虽然时时回头，但也无可奈何，只好把无限的遗憾留在大海。

遗憾也是一种美，充满了期待和向往的美。

"你已看到海底奇妙的世界，对珊瑚生态系统有了印象，能看的都领你看了。未看到的，下次跟我们一道去考察吧。南沙群岛那边的珊瑚品种更多，海洋生物更丰富！"欧阳安慰我道。

当然，这只是浅海。其实深海的生命形象、动植物的饮食起居，在黑暗中或热泉、火山口，都和我们目前认识的有极大的差异，简直可以说是让人匪夷所思。随着科学技术的发展，我国已有了深海潜水器，深海才是最神秘、最富魅力的处女地，值得我们去探索。

第五章 绿龟岛奇幻

再探绿龟岛

经历了捕飞鱼碰到海魔,欣赏到海底生物世界的奇幻,我们更加向往海龟岛。那次遭遇海流的惊险,是我和李老师常说起的话题。

我根据海龟的生活习性,默默地计算着再去西沙的行程。根据天气预报,南海最近海况较好,趁着台风季未到,我和李老师又匆匆赶到海南岛,再坐十几个小时的海轮到了西沙群岛。

几十年的大自然探险经历告诉我,要完成考察任务,机缘是可遇而不可求的。印象最深刻的是寻找大树杜鹃王的历程。1981年我在昆明植物研究所,冯国楣教授向我讲述了他历经30年才在高黎贡山无人区找到依然鲜活的大树杜鹃,其中经历了多次挫折,甚至在密林中迷路,被边防军误以为是偷越国境,被抓了起来。但在1981年他终于圆了梦,一直还沉浸在兴奋、欣慰中。

杜鹃花是木本花卉之王。我们在北方生活的,见到了漫山遍野绽放的映山红之美,都会欣喜若狂。但我们所见的杜鹃多是灌木,只有到了云南、贵州、四川、西藏方能见到高二三十米的乔木杜鹃,由二十多朵花组成的花盘有碟子大。那里是杜鹃花的故乡。全世界有八九百种杜鹃,而我国就有五百多种,其中有二百多种是我国独有的。这引得西方植物猎人前来采集。20世纪初,英国爱丁堡植物园的一个植物采集员,就在高黎贡山砍倒一株高20多米的杜鹃。这棵大树杜鹃的标本在大英博物馆展览时,轰动了世界。所以西方的植物学家都说:没有中国的杜鹃花,就没有西方的园林!

然而,作为植物学家,潜心研究花卉的冯国楣教授却在这之后的几十年中都未见到大树杜鹃,也未见过报道。难道国宝大树杜鹃这个物种已经消失了?或者像大熊猫一样已经处于极度濒危之中?一个物种的意义是难以估量的。他寻找大树杜鹃的历程,他的民族自尊心、自强自立的态度,他对祖国的挚爱,他献身科学的精神,以及大树杜鹃的壮美都深深地植根在我心间。

我也立愿要去高黎贡山瞻仰大树杜鹃,经历冯老的心路历程。

可是,两次都是因为碰到了雨季或是机缘不巧无功而返。直到2002年,也就是二十一年之后,在多方朋友的帮助下,我和李老师请了向导,带了马帮,驮着帐篷、野营装备,才进入高黎贡山无人区,终于瞻仰到了近30米高、胸径一米多的大树杜鹃王!

其实为了到达四大无人区之一的阿尔金山自然保护区——被30多座海拔5000多米的雪峰环绕——近距离瞻仰几万只藏羚羊、藏野驴、野牦牛的狂野生命,我前后三次历经三年才得以进入。阿尔金山自然保护区可能是我国现存的和高原珍稀动物相伴的寥寥可数的几个天域之一。

朋友们常常说,没想到70后的老顽童,还如此痴心不改!

正是在这种痴心妄想中,我们见到了从未见过的自然之美,享受到常人难以得到的快乐。近几年,我们心系海洋,挂念着南海,关注着海洋顶级生态系统珊瑚礁——海洋中的"热带雨林"。

到了永兴岛,我们放下行李,就去渔村找阿山。永兴岛原本就不太大,渔村在岛的西南角,离住地也不过几百米。

天湛蓝湛蓝的,一丝云也没有。阳光炽烈,好在一路都有椰树、抗风桐,羽状椰叶婆娑,桐叶阔大,遮起一片浓荫,海风拂面。

那时,渔村的楼房不多,大多是用珊瑚礁砌墙,木板或铁皮盖顶,再铺上防水的塑料布。家家门前门后都放了几个蓝色的塑料大桶,专门用来接雨水。但这水只作洗涮之用,饮用水却要从300多千米之外的海南岛运来。别看岛外海水连天,但淡水奇缺。连地上的土,也都是蚂蚁搬家似的从家乡运来,这才种上了蔬菜。然而,渔村有着别样的海洋文化。

才转了几个弯,就看到阿山的妻子阿惠正在门前椰树上钩椰子。她一见到我们就高兴得哈哈笑:"大叔、阿姨,今天刚下船!真是来得早不如来得巧,快坐下,喝椰汁。"

李老师也乐了:"你怎么晓得我们的行踪?"

阿惠说:"我说今天怎么老是眼皮跳得紧!"

李老师说:"哈哈,你也跟阿山学精了,净拿好话哄我们。"

阿惠漂亮、贤惠、热情,有着海南妇女吃苦耐劳、开朗勇敢、善解人意的品质。除了帮阿山做好后勤,她还开了个海鲜小饭馆。等到小船要跟大船去远海赶鱼汛,她还要驾船随夫出征。

我们每次来,总是见到她麻利地忙个不停。李老师劝她歇歇,可她总是说:"不行啊,儿子在文昌上学,家里的房子要建,哪里都要钱。"

说来,我们是先认识阿惠的。那次来西沙时,朋友考虑我们年龄大,帮我们抢到了头等舱的票。夜深了,我们见一位妇女坐在甲板上,靠着舱壁睡觉。看来她只买了统舱的票。统舱人多,又闷又热。李老师盛情邀请她住到我们的房间,一再说就我们老两口,没什么不方便,能同船共渡就是缘分。可她说什么也不肯。虽是热带海洋,夜晚还是凉飕飕的,我们只得拿出一条长毛巾给她。后来,阿山领我们去他家,大家一见都乐了,缘分真是神奇。

阿惠只两三刀就将椰子开了口,插上吸管。这还是个黄椰子,据说有清热、止咳的功效。

椰汁清凉,有股特殊的香味,我们慢慢地品尝着,说着,笑着,真是开心。情意比什么都宝贵。它藏在你心灵的深处,时不时会给你快乐。打开记忆的闸门,流淌着岁月的欢乐。

李老师说:"你把阿山藏哪儿去了?"

"出海了。我哪里藏得住他?"她看了一下手表,"差不多就要回来了,你们就在这儿吃饭。"

我说:"不了,刚下船,行李还没收拾,别耽误你做事,待会儿再来。"

李老师也站起来要走了。阿惠笑眯眯地说:"我带你们去后院看看,看了,大叔肯定就挪不开步子了。"

她的笑眯眯中蕴含着某种意味,和阿山的笑简直一个模子脱出来的,真是不是一家人不进一家门。

渔村每家的后院都有鱼箱,出海归来的渔民都把钓来的、捡来的、捕来的海货先放到鱼箱中饲养。海鲜,总是活的价格高。

"乖乖,这么多红赤斑!"我惊叹道。

真的,鱼箱中一片红艳,全是赤石斑鱼。赤红的鱼鳞上,也有小石斑鱼体上黄的斑纹。这一箱不会少于四十斤。这里附近的礁盘上多是小石斑鱼,蒜瓣肉,肉质鲜美。二三两一条,价格不菲,三四十元一斤。然而要与赤石斑相比,那就是小巫见大巫了,红赤斑的商业价值要比小石斑鱼大很多。在远处的岛礁上赤石斑鱼也有,若能钓到一条一两斤重的那要高兴好几天,更何况上次我们在这里待了20多天,也没见到神钓阿山钓到一条赤石斑鱼。但我们见到了赤石斑鱼的美丽,那是李老师在琛航岛港口钓到的一条,不大,和小石斑鱼差不多,引来了一圈人观看。

真的,像这样每条都有斤把重的赤石斑鱼我们是第一次见到,而且一见就是这么多。据说它的肉质比石斑鱼多了一重蟹膏香。

"啊!大龙虾!"李老师在那边惊呼。

我连忙赶去看。嗨,鱼箱连底都见不到了,全是红得发紫、紫得发黑的大龙虾,都是一斤多重的大家伙。

"还走吗,大叔?"阿惠还是那样眯眯地笑,笑得很妩媚、很得意、很智慧。

"你不就是说我好吃吗?撵也撵不走了。不过,你别净学阿山刻薄。你说要我看鱼,却是在拿我开涮。"我说。

"要不,能留住你和阿姨?"阿惠依旧笑眯眯的。

"野跑到哪个礁盘,能钓到这么多又大又肥的赤石斑鱼、大龙虾?"我问。

"那可不能告诉你,整个渔村,只有他能钓到这样的赤石斑鱼,这些鱼是海南谭老板订的货。我要他带我去,他都说那里太凶险。他也是隔个十天半个月才去一趟。远着哩,天刚亮就出海,太阳低落才回来。"阿惠不无自豪。

"太凶险"三字令我一惊,难道是在海龟岛那边?

我看到晾晒着的灰白色、茄子大小的海货,像海参。西沙的海参我见过。那是上次来时在海洋试验站,看到养殖箱里躺着三四只海参,全身都是肉刺,黄褐色,通体透亮,看样子应是梅花参或刺参。我在山东蓬莱见的,都只比手指稍粗一点。可这几只,参体很大,像黄瓜。一问小陈博士,他说是梅花参,是张博士的"再生"研究对象。因为海参在遇到强敌时,会将肚肠喷出来给敌人,掩护自己逃跑。没多久,它又长出一副新肚肠。如果人的器官出了问题后也能再生,那将挽救多少病人的生命?可这模样的海货是第一次见到。

我对李老师使了个眼色,要她看。她又惊又喜又蒙,问阿惠:"这是什么宝贝?"

阿惠说:"白尼参。海参的一种。"

李老师说:"是海参中的极品白尼参?听说不仅营养价值高,而且防癌、抗癌效果明显。几千块一斤呀。市场上多是养殖的,怎能和南海野生的比?你们发了。阿山不是钓手吗?啥时又变成捞海的了?"

阿惠不再嘻嘻笑,而是笑得灿烂,真像一朵花:"财神爷找上门,也不能推出去呀!"

李老师说:"在哪拾的?这次一定要他带我们去!"

阿惠说:"我也要沾你们的光,跟着去见识见识。"

李老师说:"他敢连你也不带?四只手总比两只拾得多吧!"

阿惠说:"我只能帮他开船,海南的女人不下海。他总是说那里太凶险了。还说,他在试验那里怎样才能常久有高档的海货,叫什么保持可持续发展。大海的鱼也不是取之不尽、用之不竭的,也需要休养生息……一套一套的大理论……"

"嗬,几日不见,阿山出息大了。不枉李老师授给他的'精英渔民'的称号。"我说。

李老师又看到一筐螺,刚才被鱼缸遮住了:"啊哟,这么多马蹄螺。不是中建岛产的最好的吗?你们最近去中建岛了。"

"没大船赶鱼汛,我们这样的小船去不了那样远的岛。"

李老师拾起一个螺审视着。那次在中建岛海边捡到一个螺,形如马蹄,红的、橙的、赭色的花纹,很漂亮,可那只是个空壳。后来又听说以往人们只用它的壳做高档服装纽扣,后来听说它的壳耐高温,便用作航天飞行器绝热材料,身价陡增。现在要好好审视这个活宝。她一直想看到它的真容,可怎么拍怎么摇,那螺身就是躲在里面不出来。

阿惠拿个锤子来就要砸壳,慌得李老师直说:"我要看它自己出来。"

阿惠大概是想起那次用气鼓鱼煮粥的事,连忙说:"对,让它自己出来,会看得更生动,也能瞧瞧它是怎样走路的。"

海南人喜喝粥,肉糜粥、肉松粥、鱼片粥、皮蛋粥……花样繁多,最鲜美的是气鼓鱼熬的粥。气鼓鱼是底栖海鱼,平时将扁扁的身子趴在海底,强敌来袭时,它能陡然吞食海水或吸气,变成了大球,还瞪着一对大眼,身上的鳞片成了长长的棘刺,真像个刺猬,吓得敌人落荒而逃,不逃的也无处下口。那天阿山要请我们吃最鲜美的海南粥。他就是学着鱼排上海洋餐馆老板的办法,用筹子敲打,让它逐渐鼓成了个球,瞪着一双愤怒的大眼……再一按腮帮,只听咝咝声响,现了原形。阿山要阿惠拿去煮粥招待我们。可李老师坚持只吃白粥,一再说根本不喜欢鱼粥。阿山才知演砸了。

门前响起摩托车声,刚熄火,就听到阿山惊喜的嗓门:"大叔,你啥时偷学了我能掐会算的本事？正准备今晚给你电话，要你们赶来呢！"

李老师说："心灵感应！"说着就去揭摩托车后浮箱上的鱼箱，"乖乖，钓了这么多小石斑鱼。"

"大叔就是有口福……"

我打断了阿山开涮我的话："为什么要给我们打电话？"

"这不，钓了红赤斑鱼，还有龙虾。阿惠，赶快杀只鸡，放上白尼参炖了，龙虾蒸了熬粥，它们都知道你美食家大名，专程送来的。"那副装模作样、手舞足蹈的样子，把我们都逗得畅快大笑，连阿惠都笑得抹眼泪了。

我说："你是说，这次能到海龟岛了？我推断得不错吧！"

"还是大叔精明，了解我。"阿山一脸的得意。

"不会再被海流挡回来了？"李老师担心地问。

"阿姨，你以为阿山是在一个桩绊三跤的傻子？我又去了好几次，把那里的海流摸清了，找到一条航道……"大概是看到李老师又要用激将法挤对他，"不信？昨天我还去了一趟，后院的赤石斑鱼、大龙虾、白尼参就是最好的证明。"

"都在那边钓的、拾的？"

"都说西沙是半水半鱼，那是过去。现在捕鱼的多了，再加上污染，近处已很难见到这些高档的海货。海龟不来永兴岛，也是近二三十年的事，还犯得着冒那么多的险去看它？"

接着我问他什么时间去，干吗要打电话催我们来。

他说："你没看看月亮？快圆了，运气好，还能亲眼看到那么多的海龟上岛哩！"

095

"你又瞎吹了。又不是娶媳妇、嫁丫头,还要挑个黄道吉日。海龟上不上岛跟月亮圆不圆有啥关系?"李老师总喜欢找他的碴儿。

阿山不急不恼,一副神秘莫测的狡黠的神情。

李老师说:"白天去不好吗?看得清清楚楚,安全系数也大。"

"你是只想看个岛?那岛也是珊瑚岛,跟永兴岛差不多,就是要小得多。想看海龟上岛呢,只有晚上才看得到。"阿山出的是选择题。

"神了,它还是月亮的子孙?白天不见人?"李老师说。

"现在说破嘴皮你也不会信,到了岛上不就什么都明白了?"

我也在揣摩这事。月球是地球的天然卫星,它能牵动大海每天潮起潮落。潮水或许也是海流的一种吧。既然如此,海洋生物肯定与月缺、月圆有着某种关系。是的,那次欧阳领我们夜潜,就是等到月圆夜的。

说实话,我相信这位"精英渔民",对再探海龟岛有了底气。

我们敲定了后天出发。

这天海况很好,小朵的云花在湛蓝的天空绽放,一朵一朵的,洁白如雪,微风吹来,咸味中似乎有了白玫瑰的馨香。

阿山驾着小船,溅起的水花中不时映出了彩色。小船出港后,风就变得散漫了,时而从侧面吹来,时而又拂面而去。

别看风和水都是柔柔的,其实它们最具力量和灵气。风是无形的,但能在大地上绘出最美妙的图画;不信,你只要到了沙漠,肯定会饱赏到风创作的多姿多彩的沙画;若是到了大戈壁,见到风雕出的雅丹地貌那万千的形象,顶级的雕塑大师也会自叹不如。风在大海上更是恣意纵横,时而掀起惊涛骇浪,时而细声碎语。看多了风在海上的作为,你才能领略到波浪不是向一个方向滚动的,来自不同方向的波浪能激起冲天的水柱,也能形成急速旋转的海流。那是让人惊心动魄的流动风景,有时也是恐怖得让人毛骨悚然的场面……

"那是绿龟岛?"李老师问。

航向正前方显现一个亮点,雪白,浮在湛蓝的远海,很像蓝色戈壁滩上冒出的雪山顶上的雪帽——海市蜃楼。有一圈浪花,犹如花环。它应该是典型的珊瑚岛,由珊瑚遗留的骨骼累积起来的。

阿山只是盯着海面浪花的变化,不紧不慢地驾着小船。渐渐地,白色的花环外礁盘上显现了绿色、黄色相间相融的色彩。绿龟岛越来越膨胀了,但它仍然只是半个漫圆……

待到看见稀稀落落的露兜绿叶在沙岛上飘浮时,小船偏离了航线,拐起弯……

"又碰到海流了?"李老师惊呼。

"怎么可能呢?你们不觉得今天的海面太平静了,比上次来少了点儿什么吗?"阿山说。

"真是不知好歹,没事找事,非要碰到强劲的海流才刺激?"

"阿姨,少了那天的热闹,今晚的海龟岛肯定不精彩……别急,今儿来得早,到了岛上也是闲着,先转两圈,侦察……你们叫考察,不是也有意思吗?"

"你净装神弄鬼,说半句留半句……"李老师埋怨道。

"坐着船,吹着海风,看着夕阳西下,不是很惬意吗?别辜负了老天一片好意。"我截住了李老师的话头。虽然我还不完全理解阿山指的是什么,但他肯定自有道理。我儿时跟大人出湖捕鱼,也不是随便到哪都撒网的,总得审时度势。

阿山又唱起琼剧了,那双眼却贼亮地扫视着海面。

我一边注意着阿山,一边看着这边的生态,南海海水透明度高。是的,珊瑚很茂盛,从杯状的、团状的、枝状的看来,品种多样,特别是礁石中斜立的一株柳珊瑚,红得像是一面红扇,很大,冠幅直径有七八十厘米……我心想,这大约也是因为这一海域的洋流,保护了这些珊瑚呢,就像陆地上人迹罕至的险境,才遗存着极佳的生态宝地。小船转到第四圈时,我看到他紧盯着三四百米开外溅起的大浪花,他的眼神突然迸出光芒。看来他要上岛了。

果然,他掉转了船头,真向绿龟岛驶去。

李老师学精了,知道他有所获,但就是不问他。

小船冲过一圈浪花——礁盘和深海的分界处——礁盘上的浪小多了。海水像蓝水晶一般,透明度高,在海藻、珊瑚中游动的热带鱼都看得清清楚楚。可没行多远,阿山却将舵一打——船猛然一斜,差点儿进水,吓得李老师哎呀一声——小船兜了一小圈……

只见阿山两眼闪着芒光,紧紧地盯着海面。

"发现了什么?"我问。

"似乎是老朋友来了……"阿山回答得很神秘。

我们就是来看海龟的,值得如此激动?若不是有安全带,真的能把我们甩到海里。

阿山肯定是看到了我满脸的问号,但他一声不吭,只是减慢了船速,全神贯注地注视着海面……

又兜了两圈,阿山才问:"你们看到红光一闪没有?"

李老师说:"那又怎样?还能是红海龟?你的朋友?"

他不吭声。这家伙,就喜欢吊人胃口,让你充满期待。

鲨鱼伏袭

船靠岛了。沿岸有一圈不高的白色沙堤,全是浪打上来的细碎的珊瑚、贝壳,它们在夕阳下闪耀着五彩的光芒。这样纯净的珊瑚、贝壳沙,世界上并不多见,印象中那年在印度洋上的岛国毛里求斯,见过这样的海滩,那儿成了游客众多的一大景点。若是放到城市里肯定是宝地……

李老师一眼就见到了被浪打到沙滩的水字螺、唐冠螺、砗磲、虎斑贝……忙不迭地去拾宝,欣赏着大海在螺壳上描绘的奇异色彩和图案。

岛不大,全是沙。海拔不高、平坦,中间微凸。没有人迹,宁静、安详,只有小沙蟹悄无声息地忙碌着。

海面上见不到一只船。这是孤悬在大海上的巴掌大的一块陆地,无边湛蓝汪洋中的一个白点子。一些露兜长着稠密、错综的气根,不粗的树干顶端才长着一蓬细长的叶子,披头散发,点缀得小岛洋溢着童话的韵味。

夕阳西下,微风轻拂。大海顷刻燃烧,火苗蹿动,漫天的火烧云与瑰丽的大海相映,炽烈、奔放、浩瀚……

李老师捧着一堆宝贝回来了,见阿山正躺在船头闭目养神,我在欣赏大海,便说:"阿山,风浪中绷紧的神经该松弛下来了吧?还不看看海龟来了没?也不能让我们饿肚子吧!"

"它们正在往这边赶的路上。"阿山说。

"啥时能到?"李老师问。

"这样简单的事,老师还要问学生?还没明白它们啥时就到?"阿山笑眯眯地说。

李老师装出一副了然于胸的神情……突然闻到一股鱼的鲜香,连忙去揭锅。

这小子什么时候将一锅海鲜烧好了?船刚靠岛,他就躺到沙滩上闭目养神,说是这一路神经绷得太紧,需要放松放松。

就着余晖,我们把几只螃蟹、清炖红鱼扫荡得一干二净。

晚霞的余晖还未褪尽,东边的月亮已经升起。好一轮又大又圆的月亮,银辉洋溢,天海一片朦胧——海上生明月,古往今来诗人们赞颂的经典之美。否则,怎么有"明月几时有"的千古绝唱?

礁盘上响起了水的激荡声,声音脆亮,排排浪花飞鸟般奔来。

潮水在我心头激起喜悦的浪花,我对李老师说:"听,起潮了。"

李老师还有些恍惚。我只得又小声地说:"海龟。"

李老师一拍脑瓜儿:"哈哈,我明白了,差点给他弄蒙住了。阿山,海龟来了,还不快把灯打开!"

阿山惊乍乍地说:"哈哈,快指给我看看,海龟在哪儿。"

我听出了他的坏笑。

"快开灯,不开灯怎么看得到呢?"李老师催促道。

"开灯引来海怪可别怨我。"阿山回道。

这句话还是挺管用的,李老师想起了那次捕飞鱼的情景。

右前方五六十米处,连连响起的浪击声,显得阴森、可怖。

大海幽暗,只有海水起潮激起浪花的哗哗响。是的,潮起潮落是大海的呼吸、跳动的脉搏。入海的河流,架设了大海与陆地生命的交流通道,将陆地和海洋连成一体,构建起地球的生物圈。

阿山说:"是靠近看,还是坐到岛边看?靠近看,看得清楚些,但风险大。在岛边看安全。"

他出的是选择题。在这黑夜,在这茫茫的大海,我没敢贸然作答,只是瞅着李老师。

"多大的风险?比上次的风险还要大?海流还能冲到礁盘上?"李老师问。

阿山说:"难说。二老出了事,我可承担不起。"

李老师瞅了瞅我,咬了咬牙说:"都到这地步了,不冒险,太亏!去近处看,越近越好!"

"阿姨说得对。大叔看不到这场好戏的序幕,写起来肯定不生动,缺少了亲历感,笃定要骂我千遍万遍。我就是喜欢跟大叔、阿姨下海!有的海域,我一个人还真心虚不敢闯哩!有你们在,我小阿山就福星高照!那次钓到的七八十斤重的金枪鱼,就是创纪录的。"

李老师笑得前仰后合的。这小子在调节气氛哩!

小船离岛,速度不快。浪溅水激,这里那里都响起哗啦声。月光如水,依稀看到有的海面像开锅粥一样沸腾。

"鲨鱼!"李老师惊呼。

鲨鱼偶尔露出了背鳍,最少有四五条在游弋,穿梭往来,它们在干吗?当然是狩猎。它们也像草原上的狼群分工明确:有的包圈,有的伏袭,有的拦截。猎获的对象呢?

正在四顾茫然时,李老师小声说:"看那边!"

五六米开外,有两三个圆形的黑影。这一发现很令人惊讶。什么时候海上来了这么多圆形的黑影?既不露出水面,又不沉入深水,是胆怯还是有阴谋?

"把灯打开!"李老师说。

"别惹麻烦了,灯一亮,说不定真招来海怪、人鬼,绝不是吓唬你——偷捕海龟的人正是趁这时来。这几年,主要是外国的渔船来……"阿山的理由很充分,平添了紧张气氛。

既紧张,又迷茫,还很纠结,似乎坠入了梦幻的世界……

月色依旧柔美,但无尽的大海,又显得小船、三个老少更加孤独,幽暗中还有鲨鱼……我不时拍拍李老师的手臂,希冀稳定她的情绪……

"海龟!是海龟!"李老师喜悦中带有自嘲。

是的,咫尺之间,它正伸出了头,泛着微弱的、绿莹莹的光芒的眼睛正望着我们,身子还潜在水中。

哪里是什么妖魔鬼怪?它的身形不是椭圆的还能是方的?

海龟的现身,点化了这冥冥之中的一切。海龟是由陆地走向大海的,开拓海疆讨生活。不管漂泊到哪个大洋大海,但到了生儿育女时,依然怀念着故乡,要回到出生的地方完成生命的传承。故乡情结充满了玄机!

那年,我在印度洋上的岛国毛里求斯,曾看到了七八只陆龟,灰褐色的,体型庞大,有一米多长,一百多斤重。不知因为什么,两只陆龟打起架来。打架的方式很奇特,不是飞挪腾跳、挥拳踢脚,而是头抵头——顶牛!没有呐喊,没有呻吟,但它们的四条腿肌肉绷紧,铆足了劲。不一会儿,脚下就陷成了土窝……同伴、司机连连召唤,说车要开了,只得将未看到的结果留作遗憾。

今晚是海龟们朝圣的好日子——寻根、留根。

食物链具有神奇的魔力,鲨、鲸从冥冥之中得到了信息,赶来狩猎。不信?——不远处浪激声响成一片,不难揣测,鲨鱼正在追击海龟!海龟们在奋力游动,努力尽快上岛……

"鲨鱼能吃海龟?"李老师问阿山。

阿山不语,那意思是你自己看嘛!

其实,这也是我想要亲眼见证的:海龟有坚固的壳——全副铠甲——身子藏在其中,平时只有头和四肢露在外面。若是在池塘湖泊中,没有什么大鱼是龟所惧怕的,所以它才长命百岁,但大海是另一个世界……

九点钟方向,哗啦声时而响亮,时而沉闷,恍惚中依稀现出了鲨鱼的三角帆的背鳍,尾巴拍击,海浪激涌成了小丘……

"鲨鱼得手了。"阿山话音中充满了伤感。

眼都瞅疼了,仍然一切都朦朦胧胧,我们像是被撂在古罗马斗兽场外,只能从隐约传来的声音中去判断赛场的种种……

月亮升起来了,泛着红光,似旭日的瘦身版。天空渐渐有了光彩,大海波光粼粼。

海上明月,经典的夜晚美景,却弥漫着血雨腥风……

怪,水纹显示一条鲨鱼追击,那海龟突然玩起了绝技——尽管只泛着微弱的白色,那确是龟腹——侧着身子在游,很像一个人在直立的墙上行走。嗨!鲨鱼的波浪竟擦身而过。

"海龟有秘密武器？"

我无法回答李老师，因为我的知识存储库中，海龟很温顺，不像它的表兄弟玳瑁那样暴躁。它平时只吃小鱼、水母、小虾……既没有有效的进攻手段，更没有应付强敌的秘密武器。

它为何要采取侧泳？是追求速度？看不出来。我想起了青蛙遭遇蛇时，若是无法瞬间逃逸，会突然把肚子鼓得大大的。海中的刺鲀体形扁平，但遇到强敌时，也是吸气将身子鼓成一个圆球，竖起尖利的鳞片，犹如刺猬，让敌人无法下口。

海龟侧起身子，陡然大了数倍，惊退了鲨鱼？这或许是一种猜想吧！

海龟竟向小船游来，它们是要以船作挡箭牌，还是要借万物之灵的人气，吓退敌人？

水雷爆炸？溅起的浪把船都掀了起来，水珠落了一身——一条大鲨鱼从海里蹿出，将海龟顶出了几米高，待到它落下时，张开口，咬住了海龟，咔嚓一声，剩下的一半掉到水中……

大鲨鱼掀起的浪头，打得小船歪到了一边，海水哗啦一声涌进了船舱。阿山闪电般猛跨一步，压住小船才未翻。

好险！

我不禁打了个冷战。阿山手忙脚乱地开船、倒船。

李老师说："它的牙是锋钢造的铡刀，能将龟甲像切豆腐一样切开？乖乖！"

阿山说："还真像切豆腐。听说它四五天就得换一次牙——来考察的老师说的，哺乳动物中，只有大象因每天吃四五十斤的草、树枝要常换牙，一生也只换几次呀!可鲨鱼的牙四五天就得换一次。"

我似乎听到鲨鱼切割龟壳的碎裂声,竟如此吃法。难怪阿山说鱼呀、虾呀是赶来赴宴的。只不过是收拾残羹剩饭。

谜底竟然被这样残酷地揭开!

我想起不久前阿山为什么要在上岛前,开着小船巡航了。那大浪一定是鲨鱼造成的——既然是食物链中的顶级食客到了,也就预示着今晚有看到海龟登岛的可能。

可鲨鱼从哪里感知到海龟要来登岛呢?它有信息网络?

心里涌起了苦涩。转而一想,大自然的法则就是这样严酷,有时竟严酷得让你无法接受。

阿山将船径直往岛边开。他是要尽快离开这是非之地。若是疯狂的鲨鱼有意或无意来次冲刺,我们的小船定然要人仰船翻。

软着陆

圆月亮升高了,大海似乎也明亮起来,映照着奋力划动四肢的海龟们。

快满潮了,淹去了岛边的礁石。大海敞开无比坦荡的胸怀。

阿山说,这里虽然是热带,但晚上还是要添件外衣。我们照办。他又选了块宝地,要我们静静地观看。

不一会儿,月光下,三只海龟乘着潮流爬上了沙滩,它们是那样大!总有一米多长,伸着脉子,慢吞吞地转着眼。它们在离海只有一两米远时,却停了下来,一动不动。

李老师说:"就在那产卵?一个大风浪不就打坏了?"

阿山说:"是累了,歇歇。谁知道回家的路有多远?它们精哩,满潮才上来,拿高潮线当底线。是你心急了。别为它们担心!"

果然,它们又继续前进,但动作缓慢,半天才挪一步,慢得让人心急……

李老师拍了下头:"怎么忘了?它在海里,水有浮力。到了陆地,要挪动一百多斤的身子,还能不费劲?"

说得我和阿山都笑了起来。

爬了七八米又停下了,还休息?不乘着潮水回大海之前完成任务,岂不更麻烦?

又有海龟上岛了。

嗨!那三位老兄呈"品"字形伏着,突然扬起了沙。不错,用两条后腿不紧不慢地扒着沙。前面那位老兄扒扬的沙落得身后的那位满身,但它也不在乎,只是进行着自己的作业,不急不躁,自有一种让人心动的韵律……

哈哈!扬沙中竟有一只小蟹落到龟背上,还砰的一声。这个幸运的小沙蟹居然玩了一次蹦极。

尽管海上还响着轰轰烈烈的击水声,还在上演着生死大搏斗,还是有海龟们突破了封锁线,抢滩登陆。

我们观察的三位,有两位已停下扬沙,伏着不动。我依稀看见了它身后的深坑。

"它们下蛋了。"阿山话刚出口,我伸手按住想起身的李老师:"急啥?等会儿让你看个够,何必现在去打扰?"

有条大鲨刚追到礁盘上,却突然掉头回到大海。尽管满潮,礁盘上水仍浅,容不下它庞大的身躯。它露出的几米长的个头,还是狠狠敲击了我的神经。

后来的海龟,伸头看了看爬满了同伴的沙滩,只得又回到海里,游向岛的另一端。

耐心总会有收获。在正前上方,有只海龟下蛋了。它是后来的,越过一个个同伴,才找到了位置。

"一、二、三……"那龟将尾部泄殖腔对准了扒开的沙坑,只见那处一开,一个一个圆圆的、白色的乒乓球般大小的蛋就出来,掉到坑里。阿山童心大发,开始计数,"六、七……"

"少说沙坑也有五六十厘米深,这样大的蛋掉到下面的蛋上,还不砸碎了?"李老师担心地说。

"瞎操心!二十五、二十六……"

我同样有这疑问。要炒鸡蛋时,不常常是把两个蛋相互一磕吗?底下已有了这么多的龟蛋,上面的砸下来,难免不破裂。岛上一片宁静,海龟们都在专心致志地产蛋,只微微听到听到下蛋的窸窣声——最美妙的生命之歌。根本没有丝毫疑似蛋破裂的杂音。

生物学家说:动物生命的最本质追求是复制自己的DNA,生命的繁殖是最伟大、最智慧、最神秘的工程。比如各种植物种子的构造、哺乳动物怀胎的结构,特别是生育技巧。海龟当然首先是要采取一切的措施保证蛋的安全。我为它设想了几种可行的方案,最佳方案是使蛋软着陆,那还要带着降落伞?嘻嘻!有趣的画面,想想看,一个降落伞下吊着一个龟蛋,多精彩……

我正准备匍匐向前,阿山说:"想去看个究竟?站起来大摇大摆去看都没事。它们才不害羞怕臊哩,个个都在聚精会神地下蛋。"

我没理他,也没让李老师去,仍然匍匐向最近的一个海龟身后爬去。

月光清澈。是的,沙坑为圆形,直径有二十来厘米,深有五十多厘米,已堆积了五六十个白色的龟蛋,排列整齐,不是塔状……

海龟妈妈对我的到来毫无反应,仍沉浸在艰难的幸福中——它将尾巴微微抬起,泄殖腔打开,白色的蛋就出来;待到出来大半时,它才把泄殖腔慢慢收起,龟蛋下落,响起滞涩的一声。龟蛋完好无损。

哪有什么降落伞啊!但这滞涩的响声给了启示,是的,蛋壳外有层黏液。月光微弱的反射,使我能反复地看清楚。

我想用手去摸摸,确认蛋壳外的黏液,却不敢轻举妄动;因为有的鸟蛋只要沾了人气,母鸟就会弃之不顾。

啊!这黏液不就是缓冲剂?就像套了层海绵,有了弹性。对,龟蛋壳肯定不像鸡蛋壳那样脆,它应该带有韧性,有韧性,就有弹性。或者刚产下的蛋壳是软的,刚产的龟蛋落到坑里的声音似乎也说明这一点。

我猛然想起了宇宙飞船和月球车着陆时,不仅要有降落伞,还要点起火箭,反冲降低速度。一点儿没错,海龟在构建蛋时,已充分发挥了"软着陆"的智慧。航天工程专家们的设计,或许就是仿生学的巨大成就。

更惊奇的事还在后面哩。看久了,才发现海龟妈妈并不是一动不动,它的泄殖腔是可以伸缩和摆动的啊!因而坑里的蛋才排列有序,一个挨着一个,码完一层再码一层,没有堆成小山。只不过很缓慢,难以察觉!

我慢慢往回爬,心里涌起了发现的喜悦,惊叹生命的奇妙,洋溢着崇敬之情。

阿山问："蛋砸碎了？看清了？"

"太神奇了——生命工程！"我说。

"现在该我去看了吧！"李老师说。

阿山也说："大势已定。我也要去寻找老朋友了，看看它今晚来了没，要不然故事就讲不成。大叔，丢你一个人在这里不害怕吧？鲨鱼上不来，海蛇虽然个个有毒，但它也只待在海里不上岛。"说完，他就大模大样地走了，像个岛主去巡视一样。

我也立起，环顾小岛。月光下，礁盘外依然时时显出鲨鱼出没的痕迹，仍有海龟不屈不挠地游到礁盘上，继续着上岛的行程。近处的沙滩上已全被捷足先登者占领，后来者只得爬过沙丘和坑洼——对失去海水浮力、搬动一百多斤的体重的它们，这无异于翻山越岭，更何况已经过长途跋涉，又经历过生死的博弈；现在的每一步，都需付出更大的努力——生命的追求是如此的坚强不屈，充满了魅力，甚至悲壮。

思绪翻涌的我，不自觉地信步走进了海龟群。它们的形态，突然使我想到可可西里藏羚羊：每年的11月，雌羊才和雄羊合群，交配。等到翌年四五月，冥冥中传来神秘的信息，母羊们离开公羊，集群向北方进发。没有公羊的护送、迎接，无怨无悔地承担着苦难，经历了三四百千米，遭遇狼群、偷猎者的袭击。幸存者七八月才到达卓乃湖边，在山谷或草场上集体生儿育女。待羊羔们能够独立行动，再举家回迁，这就是惊心动魄的生育大迁徙。它们不像候鸟或非洲的角马、大象，雌雄结群，是因气候或食物引起的迁徙，而完完全全是为了分娩新的生命！它们为什么要做这种生育大迁徙呢？动物学家没有答案，所有的纪录片更未涉及。只能猜测。

如此一想,我的目光转向了大海,那里有护送或等待的雄龟吗?尽管非常努力地寻找,但也没发现一只游弋、巡梭、绝不上岸的海龟。再看伏在沙滩上的,更没有一只海龟不在产蛋……上苍为何只要母性来承担如此多的苦难?

阿山匆匆地回来了,神色有些异样。我问怎么了,他将手指着南边十一点钟方向:"你们也帮着看看,好像有灯光。"

我心里一紧,忙向那边张望,是海盗还是偷捕海龟的?

海盗出没

南海一向是海盗出没的地方。绿海龟原来在我国沿海广泛分布,但近二三十年来,由于绿海龟的肉、蛋被认为是高档滋补品,龟壳是中药材,经济价值高,它们遭到残酷的猎杀。现在在北海、福建、广西沿海已很难见到海龟的身影,即使在海南、西沙也不多见。据资料显示,全世界的海龟锐减,已成濒危动物。即使在将绿海龟列入国家二级保护动物后,也未能杜绝盗猎者的贪婪。他们也像盗猎藏羚羊一样,在海龟产卵时猖狂猎杀。就如现在,盗猎者不需武器,更不用追踪,只要待龟产完卵后,两人抬一只,搬到船上就行。同是生育大迁徙,海龟比藏羚羊更处于弱势……

"好像是有灯光,晃了一两下就不见了。"

按理,在夜里,发现灯光是不困难的。但有月光,有海浪,或如阿山说的"地球是圆的"?

我眼都瞅疼了,却没发现海面上有灯光。但我仍然相信阿山的不安,再说李老师一向眼尖。

我问阿山:"这里离国际主航道近吗?"

"远着哩。这几年国外窜来的渔船,其实也就是海盗,船上藏有武器、炸药。他们常常炸一通,毁了珊瑚,捞了几吨鱼就跑,破坏性特别大。有次,海警拦截了一条船,竟查获了一百多只海龟、几十筐龟蛋。抢夺商船的海盗可能性不大,倒是要提防这些家伙。"阿山说,"大家都留意吧,别只顾看海龟。要真的是捕龟海盗船,船小,这里海流复杂,它难以靠近。要是大船马力大,那就麻烦了,只能采取别的办法。一般说来,海盗船不会太小。先摸清是大船还是小船吧。它从哪边来,我们就将船开到哪边去。"阿山又分配了各自监视的海域。

气氛顿时紧张起来,大家你一言我一语地讨论着对策。阿山又到船上去准备了一番。是呀,我们就三个人,两老一少,再说,只有两把渔叉可算作武器,在这茫茫的大海上,喊天天不应,叫地地不灵,不得不防。

同时,我心里油然升起自豪——我们在守卫海龟!

飘来一阵鱼香。阿山说还是吃点消夜吧。我看了看手表,已是凌晨,不知不觉中新的一天来了,难怪眼有些发涩。这个阿山真精,他煮了一锅鱼,全是鱼肉,锅里有三四种鱼,没有一根刺。看样子他是从活鱼身上片下的,这使我想起黄山的猎人小张,小张说他师父在行猎中从不带干粮,饿了就削下猎物身上最好的一块肉烧烤。

这顿杂鱼锅鲜得我们眉毛都打战。直到现在,想起来还流口水哩!

回到岛上,就见第一个上岛的海龟又在扒沙。一个窝装不下产的蛋,还要再扒一个?

待到看清了,不禁哑然失笑——是在扒沙掩盖蛋坑啊!但速度很慢,很吃力,扒几下就停一会,这种状况触动了我的心灵……

我问:"阿山,找到你的朋友了?"

"我带你们去看看。"阿山说。

海龟们都还伏在原地,默默不语,不动声色,只是把无限的希望化作很有节律地产下一个个蛋。实在不忍心去打扰它们,但探究生命传奇的诱惑,又使我强压着思绪,小心翼翼地挑选着空隙落脚。

阿山站住了,我循着他的目光看去。

这是一只大海龟,它正偏着头看阿山,似乎毫无表情,黑褐色的龟甲,身长有一米二三。尾部的沙坑里已堆起白白的蛋,好像没什么特别之处。

李老师开始数数了,虽然像是喃喃自语,但还是听得清楚。原以为她是在数附近的海龟或是下的蛋,但她注视的是龟背——难道那上面真是天书?古代黄河边一向有神龟之说,意为龟背似是天书,充满了玄机,因而用龟甲占卜,求解象征的吉凶祸福。甲骨文更是汉字的始祖。

"中间的龟甲是六块,两边的龟甲各是四块,周边还各有七块。"

正想说她原来是在……她突然碰了碰我的手臂。我这才看到它右边背甲的下方有些异样。阿山顺手抹去沙——原来是块红色的塑料带——再看海龟的眼神中似乎有了欣喜。红色的塑料带显然是阿山给他戴的标志。友谊的花朵中,定然隐藏着惊人的故事。

"你上岛那会儿急转弯,差点把我们甩到海里,又转了几圈,是不是因为发现了有红光一闪,在找它?"李老师说。

"当老师的就是目光敏锐,学生做点小动作都瞒不了你。"阿山说,你们不止一次问我怎么发现海龟岛的,我一直没说,昨天来的路上都没说。因为不带你们亲自看看,阿姨不说,大叔也要说我神吹。我马上就把枝枝叶叶说出来,但我有个要求,别只顾听故事而忘了监视海面,防范海盗……

第六章　一个人的绿龟岛

遭遇海难

小时候，只要阿爹、阿爸从西沙、南沙满载着海产回来，我总是赖在他们身边，听他们讲那里神奇的故事。后来一直在南海闯荡的阿爸的身子越来越差，于是我十八岁就从文昌到西沙去学打鱼，到了西沙我才知道什么叫大海。

它是那样透明，那样浩瀚，海船行了几天，还是满眼深蓝；天连着水，水连着天，有时不知是在天上还是在海上，天和海都是那样蓝，似乎永远走不完。虽然文昌这边也有海，但文昌的海只不过是门前的小水荡。我明白了，为什么老辈人总是十四五岁就远离家乡，跟着上辈人到南海，因为这里是祖辈们讨生活的地方，开荒拓土的地方，是传承给我们耕耘、守护的家园。

"西沙很美，但风景不能当饭吃。西沙的海产很丰富，半水半鱼，但鱼不会自个儿跳到船舱。几年下来，我耐住了高温、高湿、高盐，还缺淡水的日子，传承了老爸的钓鱼手艺，和大海有了感情，总想多看看这个世界。初来的人总以为海都是一样的，和它处长了，才晓得每个海域都有自己的禀性、不同的海产。

"那天,我去一个新的海域闯荡——老一辈人总是以大海的神奇和富饶,给我们这些小青年进行启蒙教育,我听说过有座岛礁上盛产龙虾。南海的龙虾个头大,色彩鲜艳。这个礁盘上的龙虾时常集结,成一路纵队,后一只钳着前一只的尾在海底行走,不是游动,像条赤红的游龙,有二三十米长。它们要干吗?据说是朝拜龙宫。运气好的,尽管从队尾往队前手疾眼快抓,前面的根本不跑……有这样的傻货?也就听听吧。

"有次我学舌给躺在床上的老爸听,逗他高兴。老爸听了却问我:'还记得那次你去抓竹鸡吗?'

"怎么可能忘了呢?那还是我八九岁时,村上的胖仔抓了十多只竹鸡养在笼子里。麻色的竹鸡肥嘟嘟的,一口一口啄地上的玉米粒子,轰动了全村的孩子都围着看,问这问那。胖仔说是他昨晚在山上竹林抓的。小伙伴们都说他吹牛,怎么可能一下抓了十多只?胖仔把圆滚滚的肚子一挺,说:'夜里它们挤在竹枝上睡觉,抓这个那个也不跑,正等你去抓,这不,全抓回来了!真是呆鸡!'

"回家后,我说胖仔是牛皮筒子,也不怕把牛皮吹炸了!世界上有这样的傻瓜?

"阿爸说:'胖仔吹不吹牛,你去抓一次不就知道了?'

"我小时候也很皮,海边的孩子有几个不野的?八九岁正是皮得连狗都厌的年纪,有这样好玩的事还能放过?

"阿爸说:'夜里上山好玩也不好玩,竹枝上挂着竹叶青蛇,水溪边有眼镜蛇,被咬上一口不死也要脱层皮,你不怕?'

"我说:'还没有我怕的。'

"没过两天,阿爸说:'我看到一窝竹鸡,在山坳那边,有胆量今晚就去。'

"我说:'你不带我去?'

"阿爸说:'你还是尿床的小仔?'

"我说:'那我现在就去。'

"阿爸说:'白天不灵,夜里竹鸡才挤在一起睡觉。'

"那天晚饭后,碗一放,我就要去。可阿爸说,等竹鸡睡得熟些再去。阿爸要我带根竹竿,一个手电筒,再戴上竹笠。戴上竹笠,是防止树枝上的竹叶青蛇;还要砍根竹棍,竹棍可拨开草丛探路,也可打草惊蛇。那晚天真黑,伸手不见五指。进山了,但手电筒的光照不远。林子不再是满眼翠绿,山花迷眼,而是显得怪模怪样,这里那里都是虫子的叫声,有的像鬼哭一样,说不怕是假,一有风吹草动,就疑神疑鬼,吓得小腿肚转筋。真是越怕鬼,鬼就来了——一个披头散发的家伙挡住了去路,它总有两米高,脖子很长,没鼻子没眼的,长了很多胳膊。一阵山风窜来,它伸手就来抓我,吓得我抡起竹棍就劈去。只听飒飒风声响,那些手就飘落下来。我一看,哪里是山妖的手?这不是长长的树叶吗?嗨,还是野凤梨的叶子哩!野凤梨在海边并不罕见,它灰白色的枝干七歪八扭的,叶子不宽,很长,一簇一簇的。

"原来是心里有鬼才有鬼,自那以后,我再也不怕走夜路了。

"我终于找到了竹鸡,一共十只,都在刺竹的横枝上睡大觉。手电筒一照,有的刚睁开眼又闭上,我赶紧去抓。真的,抓了一只,就挨着它睡的那只也不跑,直到全部抓完。

"我明白了:它们喜欢扎堆并排蹲在竹枝上睡,是手电筒强光刺得它们睁不开眼。等到我刚转身往回走,差点被阿爸撞了个跟头——原来他一直跟着我,暗暗地保护住我。

"回来的路上,阿爸只对我说了一句话:'没经历过的事,别妄言。'

"想来,我喜欢探索新的海域,是这个故事扎下的根。

"是的,那天海况很好,阳光灿烂,蓝色的天穹透着晶亮,深邃、辽阔。大海坦荡,似无垠的绸缎在微风中飘动。

"我驾着小船,开足了马力,驶向想象中神秘的海域,心里充满了期待,充满了向往。我想起了在草原驰骋的骑士,不错,我现在就有那种'骑着马儿走天下'的感觉……乍到海上的人,总觉得没有在陆地上踏实,水是软的,船是飘荡的,海是无边的。记得第一次独自驾船出海时,看不到陆地,看不到船影,就如踩着一片小树叶飘在茫茫无际的大海上,心里就发虚,空荡荡的。在海上的时间长了,才体会到大海的亲切、自由。难怪有人说,人类对水有天生的亲切感,因为水是生命的源泉,而且胎儿就是在水中成长的。

"突然响起的鱼跳声引得我回头。身后的天空和海面怎么有了异样?我以为是眼花了,揉了揉眼,揪揪耳垂再看,还是感到不对劲。怎么个不对劲?说不清楚,你看,有那么多的鱼都在跳,像是拼命要跳出围网。天海之间,好像有什么在膨胀,无形无影,但就是感到那东西在鼓胀……是气场?传说中看不见、摸不着的气场?我赶紧调转船头往回走。

"不信也不行。月亮远在38.4万千米的天上,可它却指挥着海洋的潮起潮落,有谁见过它用什么牵引海洋的?

"只是眨眼的工夫,那边的海上已竖起了一堵擎天接海的墙,不是黑黢黢的,是灰白的。这堵大墙——不,是座山,正向这边压来。山里还有黑黑的怪物在翻腾、旋转。我在电视上见过沙尘暴,很像那模样。"没有闪电,没有雷鸣,但更摄人心魄。

"我惊得汗毛都根根竖起,心想肯定是碰到雷暴天了。在西沙闯荡这么多年,还能不碰到雷暴天?但我们这些小渔船都在岛礁附近,躲一躲还来得及。我也从未单身只船跑这么远……

"在那混沌的'大山'前,海面上涌出了一条黑线,墨墨墨黑的,我脑子里闪现出'排山倒海'……

"好在年轻,我只是告诫自己别犯糊涂,冷静最重要。我一面开足马力,想躲过这场雷暴,一边将紧要的物件绑起,放置好……

"风暴说来就来了,吹得小船忽上忽下打转转,倾盆大雨往下泼,耳朵里是撕裂声,耳底疼得我张不开嘴、睁不开眼、吸不了气,四周混沌一片……开头我还挣扎,心里清楚,挣扎只能白费劲。后来我躺到船舱,关了马达,想办法把自己捆到船上……听天由命吧……"

我被扔到了潟湖

"不知过了多长时间,隐约听到嘎嘎声,但头疼得像要裂开……魂魄似乎开始附到我身上,我本能地想睁开眼,可阳光刺得眼睛只能眯条缝……

"又是黑暗……

"还是那嘎嘎声,是谁在摇我?可我无法动弹,脑子似乎醒了……是做梦?我动了动脚指头,是的,它还能动;我又动了动手指,它也能动。

"第一个念头是:不是做梦,还活着——我立即用尽全身力气坐了起来,还有什么比活着更重要?生命,有生才有命。生命就这样神奇!

"我一看周围就傻眼了:这是一个潟湖,四周绿茵茵的,中间是'春来江水绿如蓝'的那种蓝,很大,只有几块礁石露在海面,是它们在大海大洋上圈起的一片水域。礁盘内外一圈黄色、绿色、橙色的水,辉煌灿烂,难道就是古书上说的海上仙境?

"我怎么在这里?我渐渐地想起了不久前的雷暴天,只依稀记得小船一会儿被挑上去,一会儿被摔下来……看样子肯定是雷暴将船卷到这里,小船又从水道中进来,却没给礁石撞碎,还滞留在这礁石边。礁石上爬满了蜉蝣、海蟑螂……天啦!算是不幸中的大幸,太巧了!比精心设计的都巧!

"小阿山,你命大啊!真是天有不测风云,人有旦夕祸福!既然大难不死,我就要活着。就算不为我,也要为着老爸、阿惠和儿子!

"我不自觉地看了一下手表,可这个防水表已停摆了。我先要知道在哪里,才能找到回家的路,可这是茫茫的大海,浩瀚无边的太平洋!

"不错,第一个跳进脑子的是手机。虽然想到经过这样的海难,它能幸存?但还是心存侥幸。是的,在船舱的角落找到了手机。可它正泡在水中。一按键,黑屏,心也往下一沉。

"太阳已大偏西了。这是片我从未见过的海域。不是有潟湖吗?西沙这边潟湖也多的是,浪花礁、羚羊礁我都去过,但这里不是。

"那时,我们都还未配备导航仪,地理上说的经纬度并没刻在天上、海上,是虚拟的。仅仅根据太阳大偏西只能判断大致的时间,但无法确定我现在的位置。

"我仰望天空,很想看到海鸟,可天空一只海鸟也没有。如果有海鸟,也能大致判断方向。忽然想起隐隐约约曾听到的嘎嘎声,我决定先去找找看,或许刚刚有海鸟飞过。

"刚想站起来,却疼得牙齿打战。小腿上被碰了个血口,血凝住了,但一动就又裂开。我咬了咬牙,撕下一块布把它包了起来。可一下水,海水腌得小腿打哆嗦,不去不行啊!

"没多远,就看到一只白色的长嘴大鸟躺在礁石边。它受伤了,翅膀上殷红,想来是和我一样没躲过雷暴,还算走运,留了一条命。再一看,两只红艳的脚,就像火光一样亮——

"它是大名鼎鼎的红脚鲣鸟啊!这种鸟儿常随着我们渔船飞行,更喜欢随着从海南到西沙的海轮。它们是捕鱼的高手,常常成群结队地围捕飞鱼。等到海豚或是大鱼在海里追猎,飞鱼利用生存技能突然跃出水面,使劲摇尾巴,飞翔在海面上空时——正好,红脚鲣鸟俯冲而下,犹如巡航导弹,百发百中!

"我高兴的当然不是它的捕鱼技巧,而是它给我传递的消息。

"曾听来西沙考察的老师说,鲣鸟有两种,一是蓝脚鲣鸟——脚是蓝色的,翠蓝翠蓝的。它们主要分布在南太平洋的澳大利亚大堡礁以及加拉帕戈斯群岛。位于南美洲以外 1900 多千米的加拉帕戈斯群岛,是个非常神秘的火山熔岩形成的群岛,曾被称为'魔鬼之岛',如今却又被称为'最后的伊甸园',物种丰富多样。它虽在赤道,却生活着极地的企鹅。1835 年,26 岁的查尔斯·达尔文乘坐'贝格尔号'勘察船到此考察。有人说正是岛上神奇的动植物激发了他的灵感,使他写出了《物种起源》这部旷世巨著。

"红脚鲣鸟在西太平洋、西沙群岛中的永兴岛等都曾出现过,但现在全都集中到东岛了。东岛生态良好,被誉为'童话岛'。岛上森林茂密,驻守东岛的战士不仅守卫着海疆,同时还守卫、保护着海洋生态。在这 1 万多平方千米的东岛上,竟然栖息着十万只红脚鲣鸟,很可能是世界上最大的种群了。我国已在东岛建立了鲣鸟保护区。

"我为什么一看到红脚鲣鸟就喜出望外呢?因为东岛距离永兴岛只有四五十千米,再以鲣鸟猎食范围,再加上雷暴天的风力,这里距东岛往多处算,也就百把千米吧!

"感谢你,鲣鸟!我想了一些办法,处理了它的伤口,又做了简单的包扎,再将它抱起,放置到了阴凉处。要不然,仅是这烈日的暴晒,它也吃不消。鲣鸟很乖,不挣扎,不喊叫,只是温顺地看我,看得我思绪绵绵……

"是的,对现在的位置,我心里有数了!不管怎样,我知道自己在哪里了,离家有多远,这无异于吃了定心丸。

"是的,现在要检查我的小船了。我既没有武侠小说中'踏水无痕'的功夫,更没有长出一对翅膀,只能依靠小船带我回家。

"小船有一半在礁石上,虽然遍体鳞伤,但大体算完整。擦伤、碰伤都无大碍,当看到船前有两个碗口大的洞,我心里还是一惊,这显然是礁石撞的。亏得这块礁石,不然,小船还不知道被风浪卷到哪里。仔细审视,只有一个在吃水线下,好在前舱有隔板,要不然船早就沉了……

"让我无比心慌的事出现了——一桶柴油不见了,找遍了所有角落,也不见踪影。平时在近海,我从不带备用油,装满了发动机的油箱就够了。因为今天要去陌生的海域,才特意多带了一桶油。

"火急火燎地去看马达中的油箱,还算幸运,还有半箱油。赶紧打火发动,可怎么也发动不起来,急得我满头大汗……这时才想起告诫自己:冷静,冷静,你就是急得跳海,也找不出原因,它也发动不起来!

"是机器被撞坏了？没见大的损伤呀！

"是线路进水了？一般说来船用的马达不大会发生这样的事。

"脑瓜子一阵紧似一阵地疼起来,手一摸黏糊糊的,手上是发黑的血,后脑勺被撞开了个口子,我撕了块布扎起来……

"口干舌燥,喉咙冒烟,心里烦躁,一阵晕眩,我跌倒在船里……还好,心里没犯糊涂。阿山,你可不能昏过去,现在只有你才能救自己。平躺着闭目养神……

"渴,难耐的干渴！烈日暴晒,汗流浃背……我意识到这是脱水了。脱水的严重后果我心里很清楚。

"当稍感到有了力气,睁开眼在船上搜寻……没见到一瓶水。应该是在雷暴中被卷到海里了。出海总是要带水的。记得大叔说过在山野考察时,无论如何都要带足水。人可以几天不吃饭,但不可以不喝水,水是生命的源泉。我当时还想：山野里还能没有水。大叔你好像看穿了我的心思,说是你曾跟随胡教授考察大熊猫时,有次夜晚,饥肠辘辘的队员们要做饭,却怎么也找不到水。临时营地在山头上,能听到山下峡谷中的河流哗哗声,看到峡谷中清亮的小溪,可就是够不着。还是胡教授野外考察经验丰富,他找来了泥炭藓,挤出水来喝、煮饭。再说有的水是不能喝的,就像我现在漂在大海上,可海水无法喝啊……

"我找遍了船舱里的积水,都是又苦又咸的海水……最后找到一块潮湿的船布,引起我想到用泥炭藓挤水的故事。那味儿实在难闻,用舌头舔了舔,苦味咸味稍淡些,第一冲动就想吮吸。但我不敢喝,喝坏了肚子谁来救我？阿惠还在家里等我哩！我倒是用它擦了擦脑壳……凉的水汽让我全身清爽。

刚巧,不远处响起鱼跳声,我浑身打了个激灵……鱼!更何况我也已饥肠辘辘。

"怎么忘了我的老本行?大名鼎鼎的神钓手啊!人啦,真是,转眼间就豪气冲天了。浮筒没有了,鱼饵当然也就没有了。钓手靠的就是钓钩、钓线谋生,这些都藏在最稳妥的地方。有鱼饵才能钓到鱼,还能称得上神钓?

"我站在船上,看着潟湖的水纹、浪花。夕阳已经西下,千万条霞光在海的上空恣意铺洒,蓝天上浮起灿烂的云彩。彩云又幻化出千姿百态的形象……嗨,竟然有了椰林,像渔村我家门前的椰树,真的,连凉篷都搭起来了……可只一会儿,变了,像是我文昌家门前的凤凰树开满了凤凰花……是的,我想家了,可现在只能想办法回家。

"我拍了拍脑瓜,收回视线,注视潟湖的海面,它的绿茵茵、蓝莹莹的色彩更美丽了……

"一个奇怪的水纹刚泛起,我手一抖,钓线嗖的一声飞出了。哈哈!钩线有了分量,一条大鱼出水了——大赤石斑鱼!难得一见的大赤石斑鱼,有一斤多重。

"我赶紧将它扒开。平时我也不太嗜好生鱼片,但这时我狼吞虎咽地吃起来了。不怕你们笑话,一边吮吸着鱼的血水,一边剔掉着鱼刺……真的,就像一股甘泉在血管里流淌,浸透了全身,汇聚成了无穷的力量……

"是的,我怎么忘了?来考察的老师说过,鱼是自然界淡化海水的最神奇的、最具魔力的高手!它们虽然生活在又咸又苦的海水中,海水中的盐对它们也是致命的,但它们会采用鳃、皮肤或特殊的器官把盐分排除。植物也是这样,海边的红树林,都会把海水淡化。大叔,感谢你给我说过的泥炭藓的故事,感谢那鱼跳声。

"我想起了那只受伤的红脚鲣鸟,又钓了几条小鱼送去,等它吃完了,一看那礁石的样子,就把它抱回来放到舱里,要不然,夜晚潮水一起,它又要被冲到海里——它也是美丽的生命!

"马达还是发动不起来。太阳已落到海面,海中的太阳比海上的太阳更加红艳……今晚要在这里度过了。

"海风紧了,虽在潟湖中,海浪还是拍打得船身摇荡。我首先要给小船寻找一个最安全的地方,因为还不知道这里的高潮有多高,这礁石会不会被淹没。失去动力的小船,那真是一片漂在海上的树叶,一个大浪就能将其卷翻。

"这个潟湖虽大,但露出海面的礁石并不多,不远处的一块礁石看样子要比这块高大,但距离有百把米,我的腿已有伤口,再说马达发动不了,只有拖着船去,更何况潟湖的水并不浅……权衡再三,我觉得既然老天把我投放到这里,既然小船还没被礁石撞翻撞沉,既然我还保住性命,这就是老天给我挑选的最好的地方。但我还是想方设法把船固定好,也设想了潟湖可能的状况、捉摸不定的脾气,尽可能地做预防。

"刚忙完了该做的事,想歇歇,却感到浑身不自在,像遍体都是蚂蚁在爬,在咬……

"猛然想起我穿的是紧身的潜水服,虽然我只在礁盘上钓鱼,礁盘上的水至多也就齐胸深,但要看清藏身在礁石中的鱼,还是要鱼跃式地潜入水中,你们见过我钓鱼的。所以还是要穿轻便的潜水服,紧身、保暖。

"我手忙脚乱地脱,原来它硬邦邦的。脱,脱了潜水服。裤头也是硬邦邦的,脱!

"脱得赤身裸体——时髦话叫天体——在这茫茫的大海、大洋上,啥隐私也不怕暴露。

"突然像被解放了一样畅快,海风凉凉地擦着每块皮肤,神清气爽啊,不禁哼起了琼剧。我一边搓着被盐浸过的潜水服,一边唱着,一边抖着被搓掉的盐霜——想想吧,被海水浸,被汗渍,被烈日烤,被高湿粘——那盐霜竟像筛面粉一样往下掉,被风吹走。

"搓好了潜水服又搓裤头,搓完了衣服,再用衣服擦干身子,身上的盐霜像沙子一样往下掉,直擦得浑身沁出了汗——真像洗桑拿,又做了个盐浴。

"身上爽利了,神气十足!

"我想起阿惠,她现在一定已烧好饭,桌上放着酒杯等我回家。每天都是这样。那年,当我决定到西沙,挑起家庭重担时,还顾虑她会反对。是的,南海很富饶,航线是祖辈开的,每个岛礁都是祖辈给命名的,可是,也有不少祖辈永远留在了那里。我的爷爷就是被海浪吞没的。海南的海男们从没停止过扬帆出海,因为那儿是我们祖先开拓的疆土,疆土是一个民族生存的根本,也是我阿山安身立命的地方。

"等到我把决定告诉她,她愣子都未打地说:'我跟你去,天大的难事两人扛!'

"夜里还等不到我,手机又打不通,不知她会急成什么样。还有在文昌读书的儿子……我可是一家的顶梁柱啊!还有渔村的乡亲、村主任,守岛的部队,不知会紧张到什么程度,再过段时间,搜救船大概就会出发了……

"想到这里,心里暖暖的。是的,我要活着回去,再大的海,我也能找到回家的路……

"躺在船上,仰望着幽静的天空,怎么天空也像大海啊?满天的星,很像浪花飞洒,银河特别美丽……我理了理思路,想着明天的事。首先是修好马达,修不好,把船上的遮阳板拆下来,做桨,划也要划回家……"

患难之交——哨兵

"我被嘎嘎声唤醒。是红脚鲣鸟在叫,怎么啦?风紧了?海水响起哗哗声,我陡然坐起,是的,一排排浪花正拥进潟湖,涨潮了。

"潮声越来越大,小船开始颠簸了。大海每天都有两次潮起潮落,在海上讨生活的人还不司空见惯?现在潮声虽不似电闪雷鸣,但在这空旷的大海上,在这水下礁石林立的潟湖,海浪声发出多种响声,还是敲打着神经……

"红脚鲣鸟又叫了两声,是警报?我立即警觉起来。

"幽暗的潮水像滚锅的水,沸沸腾腾,啊,大约是顶级的猎食者随着潮水来了!是的,平潮时,潟湖的周边有礁石,水也不太深,庞大的鲸鱼、鲨鱼,凶猛的剑鱼是不太喜欢到礁盘上猎食的,尤其是剑鱼,速度极快,稍一疏忽,难免撞上礁石,但潟湖中总是鱼类资源较丰富的海域。

"我检查了一下小船的位置,又将它尽量往礁石上拖了一截……

"潟湖中冒出了大鱼的背鳍,虽然看不见是哪种家伙,但背鳍像闪电一样划开水面,这里那里都爆出浪涌,哗啦啦的水声比潮浪还响!它们正疯狂地捕猎!

"突然,浪向我这边涌来,猛然抬起小船,再重重摔下。好险!要不是把船又往上拖了一截,现在肯定是被带到了水中。惊得我出了一身冷汗。

"我本能地抓起一根渔叉——那是赶金枪鱼汛时,船两边的鱼都上了钩。

几十斤重一条,金枪鱼的肺部功能不太好,必须不停地游动、吞咽海水、呼吸空气,才能维持正常活动。船被拖得像箭一样飞,有时还一个向东,一个向西,小船就像发了猪头疯,海水不断地往船上涌,吓得我只好割断一根钓线,从此才带上渔叉。

"不知为什么,有两条大鱼干起来了,激起的大浪直往船上击来。船是我的命根子,我猛然发力将渔叉掷出,看到渔叉闪电般地游开了……大概是大鱼受伤了,潟湖的这边平静多了。

"我把红脚鲣鸟抱到怀里,抚摸着它的伤口,理顺它凌乱的雪白羽毛。它的眼神也在我身上打量,乖巧地往我身上贴,轻轻地哼了两声。感谢你的报警,要不然就有大麻烦了。

"野生动物在遇到危险和灾难来临时,总是比人先有感知。我看过不少报道,地震、火山、海啸、洪水暴发前,很多小动物都有异常行为。红脚鲣鸟只是专门在大海里讨生活的,它们栖息在东岛抗风桐树上,巢就建在树上。抗风桐是高大的阔叶乔木,每年都有一次虫灾。虫能把树叶吃得光光的,只剩下灰白色的树枝。我第一次看到时非常奇怪,奇怪什么呢?红脚鲣鸟为什么不把虫吃掉?十万只红脚鲣鸟,一只一口,还不能把小虫捉得干干净净?守岛的战士中有位被称为'鸟博士'的,我去问他,他说,红脚鲣鸟只吃海味,不吃虫。我才顿时大悟,为什么鸟类名字中只有它用'鱼'字旁?

"红脚鲣鸟一生都与大海打交道,它对大海的种种感应,当然比我更灵光。有红脚鲣鸟做伴,真好!人类和它们原来就是朋友。

"经过劳心费神的紧张之后,我感到更困倦,明天还有那么多的事要做,更要养精蓄锐了。'一天吃头猪,不如一觉呼'嘛。

"我放心大胆地睡了,当然也是因为红脚鲣鸟就依偎着我,它像警惕的哨兵。

"海上起雾了,水汽和雾一片朦胧,东天的旭日,如一团胭脂,大海总是不缺乏浓妆淡抹的美……

"见我一夜未归的阿惠不知要急成什么样……心焦也没用,紧要的是修船修马达,开足马力回家。

"我双手搓着面颊,让自己彻底清醒。掸眼看到船头有片蜘蛛网,上面挂满了一颗颗晶莹的水珠,真是像中了大奖——上天送来的淡水——我连忙趴到那上面,撮唇弄舌,吮吸着晶莹的水珠,一颗又一颗。那天地酿造的水真是甘露,甜得心里打战,虽然水珠不大,却像一条小溪在周身潺潺流淌……

"那位滑行一边的蜘蛛,直对我转着大眼。我心里说,喂,你一直是位免费的乘客,今天终于给了我回报。感谢你,以后你尽管来,我再也不扯你的网,赶你走了,你完全有在船上安居乐业的权利。还有两片小蜘蛛网上的水珠,也被我吮吸得干干净净。

"喝了天地酿造的甘露,我去钓了几条鱼——我和红脚鲣鸟的早餐。我决定先修船,检查了船被撞开的洞。又钓了两条大青鱼,剥下它的皮,晒在礁石上,补被撞开的船洞用。再去发动马达,折腾得我满头大汗,还是发动不起来,也找不出原因。我再次告诫自己别急,急是急不出办法的,办法是想出来的。我开始拆船上的遮阳板了,打量着怎样做桨才能用起来顺手。

"等到把这一切做好,雾也渐渐散去,大海仍是那么辽阔,仍然是不见一只船。我想,这里没有航线,离永兴岛、东岛、琛航岛一定很远,小渔船也不会到这样偏远的海域。救援的人,要在这茫茫大海上找到我这样一条小船,那也无异于大海捞针……

"我不气馁,也不沮丧,更不怨天尤人,反正老爸说过:人这一生不容易,愁眉苦脸是一天,快快活活也是一天,天无绝人之路。这更坚定了我自救的信心。年轻力壮的神钓手还能被困在这里?阿惠正在家里等我,儿子还等着我给他挣学费呢!

"我又去发动马达,它还是不声不响。遮阳板拆了,阳光正照着它黑黑的身子,嗨,这片阳光立即照到我心上——是的,昨天那样的疾风劲雨,翻江倒海的折腾,是不是哪里进水、受潮了?让它晒晒太阳,烘烤一下再说吧!

"这个想法让我高兴了半天,它给了我希望,希望总能给人鼓舞。但我总不能陪着它晒太阳吧?我怎么会遭遇雷暴?还不是想闯荡闯荡,寻找新的渔场吗?既然老天把我送到这陌生的地方,我何不去认认这个潟湖?要不辜负了老天的一片心意!这样一想,渔民的天性被唤醒了,昨晚那条大赤石斑鱼太诱人了。

"我尽量沿着环礁,尽拣浅水处去。南海的水像蓝水晶,透明度高,水下绿的、蓝的、红的珊瑚非常繁茂,枝状的、块状的、蜂巢状的珊瑚,累积成各种形状,这是大海和珊瑚礁造就的天然园林,难怪人们称它为海底花园!

"海藻漂浮,像是一片片草地,红斑的、黄纹的、紫头的、绿尾的热带鱼在珊瑚礁构成的山峰、峡谷、'草地'中出没。马蹄螺、唐冠螺、扇贝、海藻穿着外套,静静地守在珊瑚脚下,或是在礁石上……

"突然,一道红光从珊瑚礁中射出,我本能地将钩甩出,钓线一紧,一条摇头摆尾、活蹦乱跳的红鱼就出水了——不是赤石斑鱼还能是一般的红鱼?有一斤多重,红鱼能长到一二十斤,可它没这样漂亮的斑纹啊!

"又是一道红影……只走了十多步,我就钓了四五条大赤石斑,看来,它们还从不知道那钩子上的鲜肉是不能吃的——这些没见过世面的家伙!

"我也不禁嘲笑起自己,你也是个没见过世面的家伙!都落难到这荒礁上了,连回家的路都找不到,还在忙活钓鱼……我把钓到的鱼都放生了。但我又庆幸这里真的是半水半鱼,尚未被开垦的处女地!

"我往回走了,牵挂着马达。

"红脚鲣鸟呢?它不在船上。难道它飞走了?不可能,它翅膀上的伤很重,正在寻找时,它从礁石的另一面走出来——原来是去躲阴凉了。南海的阳光炽烈——它嘎嘎地叫了两声,算是说了声'你回来啦',然后就回到我的身边。

"红脚鲣鸟的长喙在我身上轻轻地啄着,那只没受伤的翅膀扇着,看它眼神一会儿顾盼着我,一会儿又投向晾晒的鱼皮。

"我心里一个激灵,快步走向鱼皮。是的,它的求生欲望强烈,我还不如一只鸟?是的,它肯定已将自己的命运托付给我了,我回不了家,它也性命难保。

"鱼皮已晾晒得差不多了,我赶紧用它把两个船洞补好。

"太阳已过中天,大海还算平静,靛青得耀眼,云影将大海变得斑驳。

"我吃了些生鱼,又喂饱了红鲣鸟。马达还是发动不起来。我并不笨,平时哪条船的马达出了点小毛病,都是请我去修的;可我琢磨来琢磨去,就是找不到问题在哪。真像有人说的,医生有时也不知道自己病在哪!我调整了船的位置,尽可能让马达晒到太阳。

"我又出发了。我发现潟湖中还有一个潟湖,不到跟前看不见,到了近处才看到水下一两米处的珊瑚又拦起了栅栏,像是一道色彩缤纷的篱笆,形成了另一个湖,似乎没有通道。但在远处,从海水的颜色看那里,应该是与外海之间的大通道。

"我沿着彩色的珊瑚篱笆走,活的珊瑚外面很清澈,它们外面似有一层粘液,只是拣黑褐色的礁石落脚。我对那些鱼呀、螺呀、贝呀,只是走马观花,心里好像是在寻找着什么。

"快走到中央时,海中有个物件映入眼帘,是什么并不清楚,但总有一种东西牵着我走……是的,是几根长长的触须,红黑还泛着橙黄的触须,触须中间挺出了犁形的硬壳——大龙虾!从粗壮的触须看来,一定是大家伙!我乐得心怦怦跳,原来我要找的就是你啊!那个龙虾游行、朝拜龙宫的传说也在我心里生根发芽了!

"每个人心中都会藏着一个寻宝的故事,如果没有那些大海寻宝的故事,我为何总是想去新的海域闯荡?可它藏在礁洞中……海藻像灌木丛一般,半遮半掩地挡住了礁石。

"我手一抖,钓钩出手了,就在它的洞口边。可它就是不买账,如是三四次,它依然不动,连触须也不忽悠一下。难道它是只死的?死的也要把你抓出来。

"我下到潟湖中,慢慢向它接近,快到了才俯下身子。当我看清了确是龙虾时,刚伸出手,它就赶紧往洞中缩。

"迟了!我把它抓出来了!它真的红得发紫,紫得发黑,贼亮贼亮的,又沉又肥,有一斤多重。它挥舞着两只大钳,虾节似乎都在发声助威,要去找对手拼命!

"一两百元一只的海货!

"我不是没抓到过龙虾,可怎能和这只比?再说,我去过的岛礁上海产没几年前富饶了,十天半月能碰到一只就算幸运。

"我巡视了海底,海底是珊瑚积成的沙地,雪白得像张白纸,鱼呀、蟹呀,只要经过,都衬得清清楚楚。看不到一只大龙虾,这只难道是被稀里糊涂地撞上的?难道是潟湖里的龙虾有别样的脾气?

"在珊瑚礁中转了两个弯,哈哈,又看到一只,也是藏在洞中。我潜下海中,又抓了一只,旁边一两米处又有一只……一个发现带来了一串发现——它们都躲在洞中……难道是因为大白天,只藏在洞中休养生息?

"正在抓龙虾抓得兴起时,一条身上长着黑的、蓝的圆点子的大鱼向我冲来,后面一条蛇鳗正在追它——好家伙,真像颗炮弹,要不是我闪得快,说不定就被撞上了。我不怕它,虽然它名字就叫炮弹鱼,但它的体型并不大。我们在鱼汛时都喜欢用它的皮包饵料,引鱼上钩。我怕的是追它的蛇鳗,它可是个凶狠的家伙。

"这一惊不小,是呀,连回家的路都不知道,龙虾对我有什么用?若是再碰上有毒刺的、长着锋利牙齿的,受了伤,那不是雪上加霜吗?赶快上浮……

"刚出水,一片红艳耀花了眼……天哪,什么时候湛蓝的海上漂来这么多红艳艳的圆伞状的家伙!个头很大,直径在五六十厘米,阳光下霞光四射,彩线缭绕,大海美极了,却美得我小腿肚打战,心都提到喉咙口!

"不错,这就是让渔民谈虎色变的笑面杀手——彩霞水母!被它缠上了,不死也得脱层皮。"

美得让你毛骨悚然

"就在身旁两三米外,一只彩霞水母已用触手缠住、捆起了一条石斑鱼。圆盖子四周一根根的飘带就是它的触手,只要有一根触手碰到了鱼,其余触手便蜂拥而上,将鱼牢牢捆住。

"虽然伞状的圆盘只是装满水的皮膜,但触手上有刺包,刺包里面装了麻醉剂和消化液,一旦碰到猎物随即注射。不多一会儿,石斑鱼就成了一包水,任凭水母吸食。老渔民说,连鲸鱼、鲨鱼见到它都不敢惹。

"是谁引来了这样庞大的水母群?

"来西沙年数也不算少了,我还是第一次见到这样大的彩霞水母群。彩霞水母平时并不多见,更不会有这样的大群。听来岛考察的老师说,水母爆发,常是因为生态变化,污染严重。可这儿是远离海岛、远离人群的海域,赤石斑、大龙虾、珊瑚的繁荣都排除了这种可能。是这里熙熙攘攘的鱼?可不是,它们都在忙着捕鱼。刚被触手缠住的鱼,拼命游动、蹦跳,将水母拖向深水,但不多一会儿就只有束手就擒的份儿了。个头大的鱼才有逃脱的机会。可怕的是,这样庞大的水母群能将礁盘上的鱼扫荡得一干二净!

"我吃过水母的苦头,我对你们说过那次碰到它的惊险,我手臂上那个疤痕就是它留下的。彩霞水母毒性更强,别说它还这样大。

"不懂的人见它们只是一收一合,优雅地飘荡,无比飘逸、潇洒——可知道它厉害的人见到它,会觉得它美得让你心惊胆战,魂飞魄散。

"我被吓傻了!谁叫我得意忘形只顾潜水捉龙虾呢?别说回家了,在这布满红艳水母的潟湖,连礁岸也到不了,更别说回到船那边了。谁知有没有更大的水母。

"在第一眼见到它们时,我就潜到了稍浅处,也幸亏我穿了轻便潜水服,总可以抵挡一阵,但我没有手套,总不能举着双手在高低不平的礁盘上走吧?一个趔趄跌到海里怎么办?更别说水深处还得潜水,万一碰到了哪条触手,它一拥而上呢?

"看着像是铺了红地毯的海面,我真的不敢挪步。脑子却在飞快转动,设想着种种逃生的办法……

"正在惶惶不安、不知所措时,突然看到了一只大海龟,它有一米多长。是阳光照的,还是水母彩霞映的?它闪耀着琥珀色釉光,背上色彩不一的盾甲上形成的图案充满了玄机。

"真的,我从来没见过这样神采奕奕的海龟!它悠闲地划动着强健的四肢,浮出了水面。彩霞水母紧张地收缩、喷水,正在加快速度。

"海龟却不慌不忙,以它惯有的沉着游着,额鳞特别有神,两颊闪着金黄的光芒,伸头咬住了水母,缩头。水母拼命地挥舞着触手。妙!你的刺包再锐利,还能刺穿龟甲?你的触手再多,还能缠住它庞大的身躯?

"眼看着彩霞水母慢慢地小了,好像不是海龟又吸又吞,倒像是水母无可奈何地游进去了。最后,连水母的触手也无影无踪了!

"海龟猎食水母的憨拙模样,看得我很受用。海龟吃水母!我第一次亲眼看到!我清清楚楚地看到它嘴下颌处细密的锯齿般的牙齿。是的,我看到有两三只海龟在吃水母。但水母们只是在捕鱼,享受着美味大餐,只有当海龟到了身边才忙着逃跑。

"是的。从数量上看来,彩霞水母占着绝对的优势。在千万年的生存竞争中,有些动物就是以数量取胜的,为了种群的利益,它可以放手让敌人任意捕杀,但总能有些留下,种群就保住了根。

"可我就孤家寡人啊!怎么才能突破水母的包围圈?只能躲闪着靠近的美艳又可怕的水母……

"身后被碰了一下,像是触电似的转身——我深深松了口气,不是水母,是正在吞吃水母的海龟。它的眼真大,正望着我,额头上的一对鳞块闪耀着另一种灵气……是因为我呆立太久?不,它在行猎!

"看着它游到哪里,哪里的水母就慌张地躲避,留下了水道……看着看着,海龟的灵气、气场,我脑子里突然冒出了火花……

"是呀,我何不跟着它走?海龟在前游动,推开拥挤的水母。水母们也慌里慌张地躲开。我就跟着它开辟的水道。

"这一想法像一阵狂风吹走了我心头的紧张、惊恐,直到这时,魂才附体。环顾四周,我乐得差点跳起——

"何不推着海龟在前开路,目标很清楚、明确,向潟湖的礁岸?当它只顾追逐水母,大快朵颐,偏离了我的目标,我就去推它一下,先是小心翼翼,它毫不在意侵犯,倒是百依百顺,偏过头来还像是看我一眼……后来,看看太阳大偏西了,嫌它太慢,我干脆加快速度推着它,选个捷径……哈哈,我终于到达了潟湖的礁岸!

"我把它转过身子,挥了挥手,可着嗓子大喊一声:'衷心感谢你,海龟!'

"回到船边,鲣鸟拍着翅膀迎接我。我拍了拍它,累得瘫倒坐下。我刚回过来神,就怀着忐忑的心,再去发动马达。刚摇起手柄,发现有些异样——熟悉的感觉。我使出了浑身的力气,加快了摇动的速度,终于听到了扑通一声,喜悦的浪潮翻涌……它又不响了。再摇,它终于扑通、扑通地响起,接着就轰隆了起来……

"是的,它终于呼喊了起来,虽然像个老牛拖车上坡,吃力地喘着气……

"管它哩,只要在喘气,就说明它活过来了!慢悠悠的轰隆轰隆声虽不嘹亮、豪放,但不啻胜利的号角!我能踏上回家的路了!

"你看,连红脚鲣鸟都拍着翅膀,嘎嘎地叫起来。

"我将船上所有多余的东西都抛掉,减轻船的载重,其实雷暴已把能甩掉的都甩掉了。

"船开动起来,虽然它慢吞吞的,但毕竟在行驶。老人们不是常说行路时'不怕慢,只怕站'吗?

"小心翼翼地开出了潟湖,我就按照红脚鲣鸟启发的,想象中可能是家的方向跑船了。

"太阳只有一竿高了,原以为只要船跑起来,会慢慢加快的,可它仍然只是老牛拖破车。"我仍然没找到任何的标志物,更没见到一艘船,天空连海鸥也没有……更可怕的是,所剩下的机油也不多了。如果再这样乱闯,只能漂在海上,比困在荒滩上好不了多少,很可能危险更大!

"我得好好想想,冷静是脱离危险的良药……我不敢关掉马达,怕它又发动不起来,只是让船信马由缰。我梳理雷暴雨后的情景——潟湖、暗礁、珊瑚、水母……有个火星一闪……对,怎么忘了珊瑚礁多是环礁?

"西沙群岛、中沙群岛、南沙群岛都是珊瑚环礁——珊瑚遗留的骨骸、浪卷来的沙,经过千万年地质作用而形成的。

"就说西沙群岛吧,它是由两个环礁组成的,永兴岛、七连屿、东岛、石岛是呈环形分布的,又叫宣德群岛。永乐群岛是由分布在环形上的琛航岛、晋卿岛、金银岛、珊瑚岛组成的。这里潟湖、暗礁,也应该是处在一个环形上,何不就沿着这个环形跑跑看,说不定还真能找到一个露出海面的岛哩!有了岛,就到了安全区了。岛再小,总比礁石大吧!总比在海上漂、干等着救援好吧……

"赌一把!

"撞大运!

"事不宜迟!"

海龟领航

"说是这样说,船也沿着想象的环形礁应有的方向跑起来了,我心里还是七上八下的。

"怎么,看花眼了?船右舷前有只大海龟,是刚才海龟出现的幻想?不!它浮上来呼吸了。我赶紧转舵,差点撞上了它!

"没走多远,又是一只。

"又看到四只!

"是湖中围捕水母的海龟?不是不可能,因为我的航速太慢了。

"我追上海龟,看了这只,再看那只。

"奇了!它们似乎都奔着一个方向……千真万确,大致是一个方向。

"这些年海上讨生活的经验,渔民们关于大海的恐怖又神秘的故事,全都涌进了脑海,激得我灵感大发。难道它们要去产卵?

"海龟和海蛇都是生活在海洋中的动物,海蛇只在海水中产卵,海龟却要在陆地上产卵——海岛或海边的沙滩。

"我强抑着心里翻卷的喜悦,将船头一掉,跟着海龟跑船了!

"真的,真是神清气爽,我为自己的聪明高兴。一个人在困苦中要会表扬自己;发现自己的优秀,能给人自信。自信是什么?是信心,坚定的自信能给人无穷的力量。我就是靠信心找到回家的路的。

"船速虽然慢,但好在海龟们游得不快。即使跟不上快的,反正只要有耐心,就能等到后面来的海龟。奇了,红脚鲣鸟像是在对着海龟叫起来,正在游动的海龟竟然看了它两眼,它们相互间竟有着神奇的感应!

"夕阳西下,前方霞光迷离中,出现了一个亮点,就像黑夜中的一点光晕。我强按着怦怦跳的心,又揉了揉眼——别被海市蜃楼的幻象迷惑……那亮点越来越大了,是的,千真万确,是一座闪闪发光的小岛。它虽然隐隐约约,但真真切切的是座小岛,只有白色的珊瑚沙在阳光下,才能如此耀眼,才能如此闪光!

"我跪到甲板上,泪流满面,恭恭敬敬地磕了三个响头——感谢苍天!感谢大海!感谢海龟!

"越是接近海岛,海龟越多。但它们游动的姿态不一样,有的忽沉忽浮,有的停在海面上呼吸喘气,有的迂回曲折,更奇的是有的竟然侧立身子,怎么,玩起了花样游泳比赛……

"突然,哗啦一声,差点掀翻了船。

"不好!一条大鲨直击海龟。它失手了,却依然穷追不舍。

"海龟向船边冲来,我顺手抄起大渔叉掷去——你们见过的,这是我的绝活,和甩钩的技术同样炉火纯青——大鲨疼得一哆嗦,甩起巨大的尾巴,闪电般地游走了。

"这只海龟感激地看了看我。我发现它受伤了,右后侧的盾甲裂开了口子,流着血。口子不大,它也还在游动。但我想这血很可能要招来更多的鲨鱼围攻。就伸手去抓住它。它很乖,不挣不扎。好沉啊!就是搬不出水面。

"真傻!水有吸力嘛。我仗着年轻,把它翻过来侧身,减轻水的吸力,猛吸一口气……是的,我把它搬上来了。我也跌倒了,它就压在我的身上。

"这才发现鲨鱼可不是一条,想必它们也是赶来捕杀海龟的。这样盛大的宴会,它们是不会错过的。可它们凭什么知道海龟要在今天朝圣?它们在海中安装了信息网络?还是嗅觉灵敏、遗传因子的作用?

"上天给海龟的防卫武器,只有一副铠甲,别说小鱼小虾奈何不了成年的它,就是几十斤重的大鱼也无法下手。只有顶级杀手,鲨、鲸才是它的克星。因为它们有着大嘴,而且长了锋利无比的牙齿。

"我屹立船头,手执渔叉,豪气冲天……海龟们渐渐向船靠近。

"红脚鲣鸟立刻和海龟搭讪,长喙在海龟身上轻轻地敲击,发出悦耳的声音。海龟看着它,眼神中散发着亲切。真好!我有了两个伴!我来不及给海龟处理伤口。

"突然,小船像是被什么挡住了,船头还歪向一边。是马达出现了问题?不对,它还在轰轰地响着,可就是不给力。

"我赶紧看看船底,虽然天色已晚,但还是能清楚地看到没有礁石,再说触礁了,我还能一点感觉都没有?

"是被烂渔网绊住?在海上也不罕见,可怎么也找不到像是渔网的踪迹。

"嗨,船还在往一边沉哩!

再细细审视,结果让我大吃一惊——原来是股海流!它正拦在通往海岛的航线上。是的,海流的水和海水不太一样,天晚了,不经意看不清……

"我将船绕了个圈,再去冲;连我都不自觉地使暗劲,帮着船用力,可冲了几次都未冲过去。

"前面的海龟也突然不见了。真怪,它们哪里去了?难道它们也冲不过这股海流?我心里更是一惊!我或许是潜入深海从哪里冲过去了吧!再一想,反正海岛就在前面,看得真真切切,有没有它们带路,或许并不那样重要了。

"算你狠,冲不过去,躲还不行?我驾着船绕圈子,可怎么也躲不过这条强劲的海流。我一边开着船,一边留意这海面、海流的变化,搜肠刮肚地想着种种办法。

"晚霞中的海岛像座雪白的金字塔,闪着耀眼的光芒,洋溢着神圣感——传说中的海上仙岛、世外桃源。它是我的希望,是我命运的寄托!

"它就在一两百米开外,礁盘外溅起的浪花流光溢彩,可就是可望而不可即啊,一股海流将我挡在神殿的外面……我突然想起了'望梅止渴'的成语,心中陡增勇气、信心。是的,孙悟空经过九九八十一难才修得正果,我怎样才能渡过这一难,见招拆招哩!

"我又追上了几只海龟,原来它们没有马上冲过海流,而是沿着海流的边缘游,游过一百多米,就奋力冲过海流。

"我也跟着往前冲,可船头刚过去,就被冲得一歪,又顺势下滑。我连忙将船头拨回,在海流附近观察。我想:海龟终生在大海生活,对海的认识肯定比我强,若不具备丰富的生存智慧、技能,还能繁衍到现在?其中肯定有奥妙,乖乖地向它学吧!

"虽然太阳已落到海面上,但我就着晚霞,慢慢地看出其中的名堂了——原来海流到这里分成了两股。这一分,两股中的任何一股的力量就小了。

"可我的船怎么就冲不过去了呢?我又寻到了海流似是不太强劲的地方,驾着船退了段距离,再向海流冲去,甚至学着家乡船老大逆水行舟的办法,随着波浪猛然压下前身给船助力……

"好啊,船头冲进了海流,可船身刚过一小半,又被海流带去了。我赶快打舵,让船脱离了海流的裹挟,退了回来。如是三四次,奇迹没有出现,船仍然被挡回来了。"这真像煮饭时少了一把火,饭锅就是不圆气,成了夹生饭!

"我又检查了马达,还是无法找出让它马力恢复一点的办法,再看油箱,更是心惊,所剩的油也不多了。

"谁能再给我一把火?在这茫茫的大海上,真成了叫天天不应、叫海海不灵……

"海岛就在前方,霞光中更显洁白。

"弃船,游过去!

"我被这个想法吓了一跳,再一想不是不可以试的。可红脚鲣鸟、海龟怎么办?把海龟放到海里,让它自己游去,减轻一百多斤的分量,说不定船就过去了……不行,它的伤口虽然不大,但肯定要引来嗜血成性的鲨鱼……它们可都是我的患难之交!

"真的,我看着它们,它们也在看着我,特别是海龟的眼神,充满了说不清的灵性。这灵性让我头脑爆出灵感火花,猛然间老渔民说的他们过去捕海龟的手法涌上心头……

"我连忙掀起海龟,查看它的腹甲。是的,是的,那腹甲上有个印子,印子是个椭圆形的。

"我乐得跳了起来:'小阿山,你真是吉星高照啊!'红脚鲣鸟看着我觉得莫名其妙。海龟好像对我微微点了点头。"

谁来拉船?

"我抛出了鱼钩,是的,钓线有了分量,提上来一看,不是我要的鱼,随手一丢,给了红脚鲣鸟。是的,也应该给它们上晚餐了。

"又钓到几条鱼,都不是我要的鱼,全都丢给它俩了。但我毫不气馁,有这么多的海龟往这边赶,还能钓不到我要的那种神奇的鱼?

"皇天不负有心人,我终于钓到了四条我要的鱼。我在它们尾巴上拴了根钓线,看到一同来的几只海龟,我就把它们抛到海龟身旁,谁叫我是神钓手呢?别忘了,投钓放线,我的技术可是炉火纯青,指哪投哪,百发百中!

"我把满心的希望都寄托在它们身上!等待很难耐,却给人希望、给人信心!

"是的,我感到钓绳上传来了希望,传来了胜利的曙光!

"我把钓线理了理,就固定到船头桩上,得意得大声唱起琼剧。好高兴,好快乐啊!海龟拖着船,马达似乎响亮了,船的速度快多了!

"好,很好!它们向着海流冲去了。

"好!船身正在进入海流。是的,虽然航线有些偏离,但还是没离开大方向。

"好啊,太好了!我的船终于越过了海流!妙极了,鬼使神差,我想到了这个绝妙的主意,另一股小海流也在我身后了。

"海龟拖着船直奔海岛。

"哈哈,龟助我也!

"可刚冲过礁盘边缘的一圈浪花,钓线一下子松弛下来。我眼疾手快割断了钓线,放了劳苦功高的海龟,让它们休息,它们也要完成更艰难的任务——生命的传承。

"礁盘水不深,只一米多,鲨鱼进不来。它们安全了。

"小船扑通几声,熄火了。肯定是没油了,我现在还怕什么?脚一蹬就跳进海里,拖起小船就走。腿上的伤口疼得钻心,但疼的是时候,疼得我高兴,否则我不知因为狂喜会做出什么疯狂的举动。

"是的,大叔、阿姨一定要问,那是什么奇怪的鱼。看样子也不太大,竟有那样的神力。我说过,没有到过南海的人,不算真正看到海。南海中海产富饶,用老师的话说,叫生物多样性,更多的神奇呗。我在这里闯荡了这么多年,对它们越了解,越觉得神奇。

"钓鱼只是我谋生的手艺,但认识海给我很多的知识和快乐,所以来岛上进行考察的老师们愿意找我做向导,我也争取当个好学生。是老师们打开了我的眼界。给我印象最深的是,海洋动植物互利共生,组成了命运共同体。珊瑚虫是动物,小得肉眼看不见,但它们的外骨骼都是五颜六色的,它们经过生命轮回之后留下的骨骼,竟然创造了这么多的珊瑚岛,多伟大!神奇在它必须与虫黄藻共生。更渺小的虫黄藻就生活在珊瑚虫的体内——动物和植物共生——互相提供营养,共同繁荣。

"你们见过小海葵的,它们就像是五彩缤纷的金丝菊,它们是动物,却没

143

长腿,不会游水,只能附在海底或者礁石上,等着浮游生物和小鱼小虾游过,才能用花瓣样的触手捕获猎物。在海底,你就能看见,它们有的也能走动,也能跑着去猎食——原来是它们黏附的蟹驮着它们四处走动,寻觅猎物。蟹为啥愿意给它们抬轿子呢?因为蟹是很多鱼的最爱,海葵的触手有毒刺,蟹驮着它不仅像穿了件迷彩服,狐假虎威,谁还敢惹它。

"陆地上的动物身上长寄生虫,人的身上也长寄生虫,跳蚤、虱子、螨虫,有人的鼻头呈红色就是螨虫干的。海洋里的鱼也长寄生虫,甚至还有会发光的寄生虫,夜晚像星云一样美,但它们在寄主的身上啃肉吸血。特别是鲸鱼、鲨鱼,体型大的鱼类更是寄生虫的最爱,譬如一吨多的翻车鱼身上的寄生虫能成把抓。麻烦在这些鱼都没有长手,不能自己清理门户。生存竞争的原则,使海洋中产生了一条清道夫,现在叫保洁的专业队伍,专门猎食其他鱼身上的寄生虫。更有游到长着锋利牙齿的鲨鱼、鲸鱼口腔中去帮助清理门户……当然,陆地动物界也有保洁队,红嘴犀牛鸟、白鹭在牛背山啄食他们身上的寄生虫。

"大叔、阿姨,别着急,我不是卖关子,不把它解释清楚,后面的故事就不精彩。

"是的,我马上就讲,想起老辈人说的钓海龟的故事。那时人很愚蠢,还不明白为啥生物圈是命运共同体,更不知道还要保护海龟,只知道海龟蛋、肉能卖多少钱。当然最容易的办法是找到海龟产卵的海滩、海岛,去抓、去捡就行了。但那不是天天能碰到的。怎么办呢?

"钓呗!怎么钓?

"先要钓到一种鱼,然后把这种鱼的尾巴拴上线,再将鱼放到海里……

对,就像我刚才说的一样,可它怎么能把海龟钓起来,是用它作饵?当然不是,是吸来的!

"怎么吸?这种鱼不太大,但头顶上有块像盘子样的东西。它就是海洋中的保洁员,那些寄生虫就是它最可口的食物,为了得到报酬它很勤奋,四处寻找,找鲨鱼、鲸鱼、海龟,可这些凶猛的家伙也能吃掉它呀!

"没关系。它把头贴到它们的肚子上,不仅能免费享用美食,还能免费搭乘快艇,四处旅游。秘诀就在它头顶上的那个盘子样的家伙是个吸盘,具有强大的吸力。这个吸盘的吸力究竟有多大神力,老辈人没计算过,反正是它吸到龟腹上,就能把海龟拉来,捉住!

"对呀,它就叫鮣鱼!

"是的,老渔民钓海龟的故事给了我灵感,我救海龟上船时,有条鱼掉到海里的场景又浮现到我眼前,于是我又掀起船上海龟的肚腹,那上面隐约可见的印痕做了最重要的证实。

"你们不相信?我神吹?你们看过拾海的人怎样捡鲍鱼的吗?没见过,下次我带你们去。我第一次见到鲍鱼时本能地伸手去拾。嗨!拾不起来。都说'三个指头拾田螺——笃定',它还只有半个壳子哩,怎么就拾不起?不信邪,我攒足了力气去拾,左手撑住海底,右手猛然发力,它却稳如泰山,就是拾不起来。出了几次水换气,再下去,它还是纹丝不动,只好作罢。后来,我才知道它把那没壳的半边的肉体吸附在礁石上,要拾它很容易,绝对要轻手轻脚,只要有一丝扰动,它就紧紧吸附在礁石上。一个人,靠手指头是绝对捡不起来的。后来我查了资料,它的吸力竟有200千克啊!

"那天晚上,我终于有了安身的地方。

"你们说得很对,就是这海龟岛。"

梦　想

"当然,灵感来自那么多海龟的出现,还都朝一个方向游。

"海龟特有灵性,每年六七月,不管它身处何处,都要回到出生地产卵。它就有这本事,无论千里万里之遥,都能认得回家的路。是根据日月星辰,还是洋流和潮汐?动物学家说它们大脑中有定位系统。

"一路跋涉,一路辛苦,一路磨难,到达了故乡,还要等待月上东天,为什么?明天你们就明白了。

"它是食物链上的一个环节,是掠食者,也是被掠食者。天敌正在等着它们,这你们都看到了,但血腥的屠杀也无法阻挡它们完成生命的重任。

"我给救到船上的海龟处理了伤口,看样子它并无大碍。放到海边,它就爬到岛上,伏着不动。

"那一夜,守卫着海龟们。是的,月亮升起时,海龟们陆陆续续地登岛、扒窝、产卵了。我找到了受伤的海龟,看着它正专心致志地产卵——母爱无疆!

"太阳将我从迷迷糊糊中晒醒,岛上只剩下了两只海龟。有一只正向大海爬去,还有一只掉到了礁石坑里,就是我救护的那只受伤的海龟。坑不深,可它怎么努力也爬不上去,坑小了,像是刚容下它的身子。热带地区的阳光炽烈,正午气温高到四十多度,它经不住暴晒。

"我费了很大的劲,累得满头大汗才把它搬出了坑。它抬起头深情地望着我,眼角似乎也湿润了。我心里一动,何不留点纪念,重逢时也好相认?

"这个日子注定我要一生一世地记住。

"十多天后,我做了各种准备,独自去寻找这个岛。我太想念它了。可我怎么也找不到了。上次离开时,我专门记住航向、距离,可直到下午三四点钟,我都没有找到。

"暗礁见到了,潟湖也见到了,但无法确定它就是曾漂满彩霞水母的那个。因为在南海,暗礁、潟湖、沙岛太多,而且热带地区的气象、洋流多变,有时突然浮出了两座沙岛,有时忽然又少了几个刚露出海面的礁石。但大致方位是不应该错的呀!难道真像书上说的,海上仙山是忽隐忽现的,有缘人才能看到?

"难道那天是海市蜃楼?不可能,我明明在岛上过了一夜。海龟产卵也真真切切。海龟是最神的,不可能选择时沉时浮的小岛产卵!

"但我就是没找到,说来难以置信。这是个解不开的谜。

"直到听说海警抓获了一只盗龟船,截获了八九十只海龟,我才又迅速去找海龟岛。皇天不负有心人,看到有只海龟背甲下方的红带,我高兴得跳起来,差点没掉到海里!

"太对了,是它领着我找到了这个岛!原来这里有几股海流,只有海龟们才知道怎样能到达岛上。"

我仍然沉浸在阿山的故事中。

"生命的智慧,智慧的生命!"故事启迪了李老师,"大海给了你知识,知识开发了智慧,你才大难新生。其实万物都具智慧,大自然养育了人类,同时,又有哪一样知识不是来自自然?"

我和阿山不禁鼓起掌,虽然声音很轻,但很热烈。

李老师回味着阿山的奇遇、我们的经历,说:"难怪你一定要在有月的夜晚才来。你摸清了海龟朋友的生活,算准了海龟们登岛产卵的时间。它们用顽强不屈谱写着生命的壮美!你是为我们特意安排的,是尽量让我们全面地认识你的朋友,当然也是我们的朋友!谢谢!衷心感谢!"

阿山说:"不好意思!我没你说的那么有心机吧?不过,你们为了保护自然奔走呼号了四十年,古稀之年还来南海考察,我很感动。你们都当过老师,不嫌弃我这个顽劣的学生,我高兴还来不及哩!"

东天弥漫起淡淡的白色,海天顿时泛起色彩。月亮已到西天,星星渐渐朦胧。

很多海龟都回到了大海,可有几只还伏在窝旁。李老师悄悄走过去,说:"沙已盖好,眼看天亮了,也快退潮了,怎么不赶紧回海?"

"太累了,每只海龟都要产下一百五六十个蛋,历时几小时。歇好了才能动身。大海也危机四伏,还有鲨鱼在等着精疲力竭的它们。"阿山边说边向小船走去。

李老师说:"我们也要动身?"

"不,是去提点水来。要等它们全都回到大海,在太阳出来前。"看到李老师愣怔在那里,阿山又说,"这大的是它们今年的第二窝蛋,也可能是最后一次。或许还要回来。它们每年大约要产三窝蛋。我亲眼见过一只海龟产完了蛋,自己也没有了气息,活生生累死了。我的小本子上记着。"

李老师问:"多长时间再来?"

阿山说:"等这窝幼龟出壳。大概在六七十天,有早有迟。完全是自然孵化。"

李老师说:"到时候我们还来!它产了这么多蛋,不是有利拯救、恢复它们种群数量?"

"到时候看吧。幼龟出壳时,海鸟、各种大鱼,包括是鲨、鲸都来捕猎。海鸟特别凶残,它们是飞贼,一口一个。没人来赶,它们就得糟蹋大量的幼龟。幼龟有百分之十的成活率就该谢天谢地了!"

"生命是这样悲壮!"李老师脱口而出。

阿山说:"这是上天安排的,能存活下来的都是最优秀的!"

太阳出来了,还有两只滞留在岛上。一只被露兜杂乱的气根绊住了,一只陷在了一个沙坑中。

我们三人合力,才将它们抬起,送回了大海。不然,它们怎么也逃不过阳光的毒晒。

李老师有了新发现:"喂,这海龟的背甲不是绿的,说琥珀色还差不多,怎么叫'绿海龟'呢?"

阿山笑了:"算你问对人了。它的脂肪是绿的。特殊吧?就像你上次说的,'红树林'不是树红,是木质红。"

阿山和我又巡视了一遍小岛,确信再没有海龟,这才向船走去。我说:"说说你的计划吧!"

阿山驻足:"什么计划?"

我说:"别装了!对我们还不能公开?保护海龟岛的计划——功德无量的好事!"

"是谁暴露了秘密?我对谁也没说呀!"阿山说。

"你自己说的呀!昨天半天还有这一夜的经历,又还不时地在小本上写写画画……"我笑着说。

"当老师的就是目光敏锐。我想把这海龟岛保护起来。你们也看到了，这里的珊瑚很繁荣，够得上是海洋的顶级生态系统，我想把它们连同海龟岛统统保护起来。这是一个非常宝贵的海域。我国十三亿多人，有多少人知道我国还有300万平方千米的海疆？你不是说国土是一个民族生存的根本吗？可全国又有多少人是靠大海生活的？南海的珊瑚是海洋中的热带雨林，蕴藏着丰富的石油、矿藏。过去说这里是半水半鱼，可现在鱼少了，珊瑚大量死亡，海龟也成了濒危动物，再不保护，不是把子孙饭都吃完了？我想联络两三位兄弟，共同来守护。南海阳光炽热，日照时间长。我想利用太阳能建立监护站。现在正在网上跟老师学习，建立一个保护区——进行国土教育、海洋生态教育、生态道德教育，不是能让更多的人认识海洋吗？"

2014年1月26日初稿

2017年2月2日改定

附录

刘先平四十多年大自然考察、探险主要经历

1974—1980 年

- 参加野生动物科学考察队和筹备建立自然保护区的考察，主要区域在皖南的黄山和皖西的大别山。
- 1980 年以前，这里一直是刘先平的生活基地，至今每年至少会去考察两三次。美丽奇绝的自然风光、深厚的人文底蕴，曾吸引了诗仙李白等长期在此漫游。目睹了生态的恶化、珍稀动物的灭绝、人与自然的矛盾，他于 1978 年重新拿起笔来呼唤生态道德，孕育了描写在野生动物世界探险的长篇小说《云海探奇》《呦呦鹿鸣》《千鸟谷追踪》及散文集《山野寻趣》等。1978 年完成、1980 年出版的《云海探奇》，被认为是中国大自然文学的开篇之作、标志性作品。
- 那时的野外考察异常艰难，在山里行走，只能凭着"量天尺"——双脚。根本没有野营装备，只能搭山棚宿营。使用的还是定量的粮票、布票……

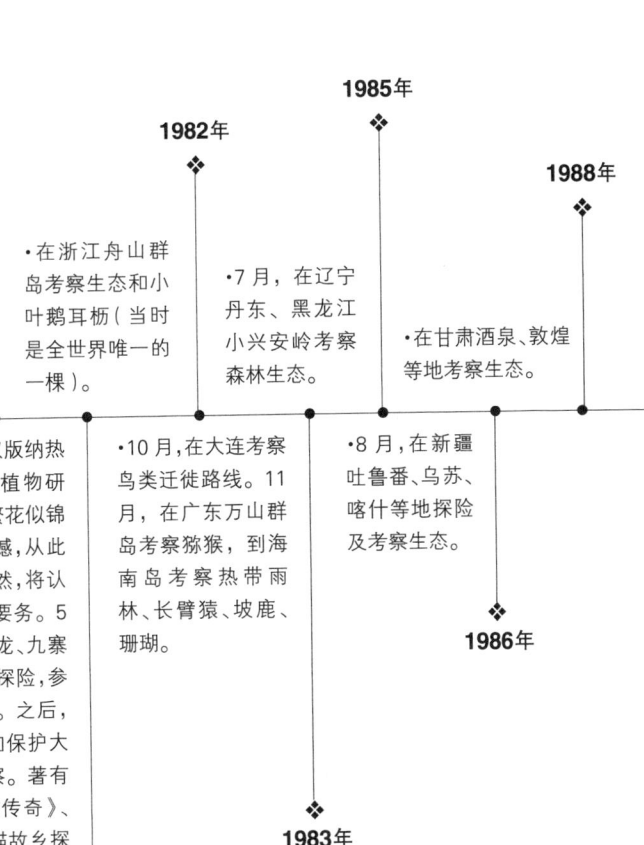

1982 年

- 在浙江舟山群岛考察生态和小叶鹅耳枥（当时是全世界唯一的一棵）。

1985 年

- 7 月，在辽宁丹东、黑龙江小兴安岭考察森林生态。

1988 年

- 在甘肃酒泉、敦煌等地考察生态。

1981 年

- 4 月，考察云南西双版纳热带雨林及访问昆明植物研究所。为热带雨林繁花似锦的生物多样性所震撼，从此走向更为广阔的自然，将认识大自然作为第一要务。5 月，到四川平武、黄龙、九寨沟、红原、卧龙等地探险，参加对大熊猫的考察。之后，前后历时六年，参加保护大熊猫、金丝猴的考察。著有长篇小说《大熊猫传奇》、考察手记《在大熊猫故乡探险》《五彩猴树》等。

1983 年

- 10 月，在大连考察鸟类迁徙路线。11 月，在广东万山群岛考察猕猴，到海南岛考察热带雨林、长臂猿、坡鹿、珊瑚。

1986 年

- 8 月，在新疆吐鲁番、乌苏、喀什等地探险及考察生态。

151

1992年

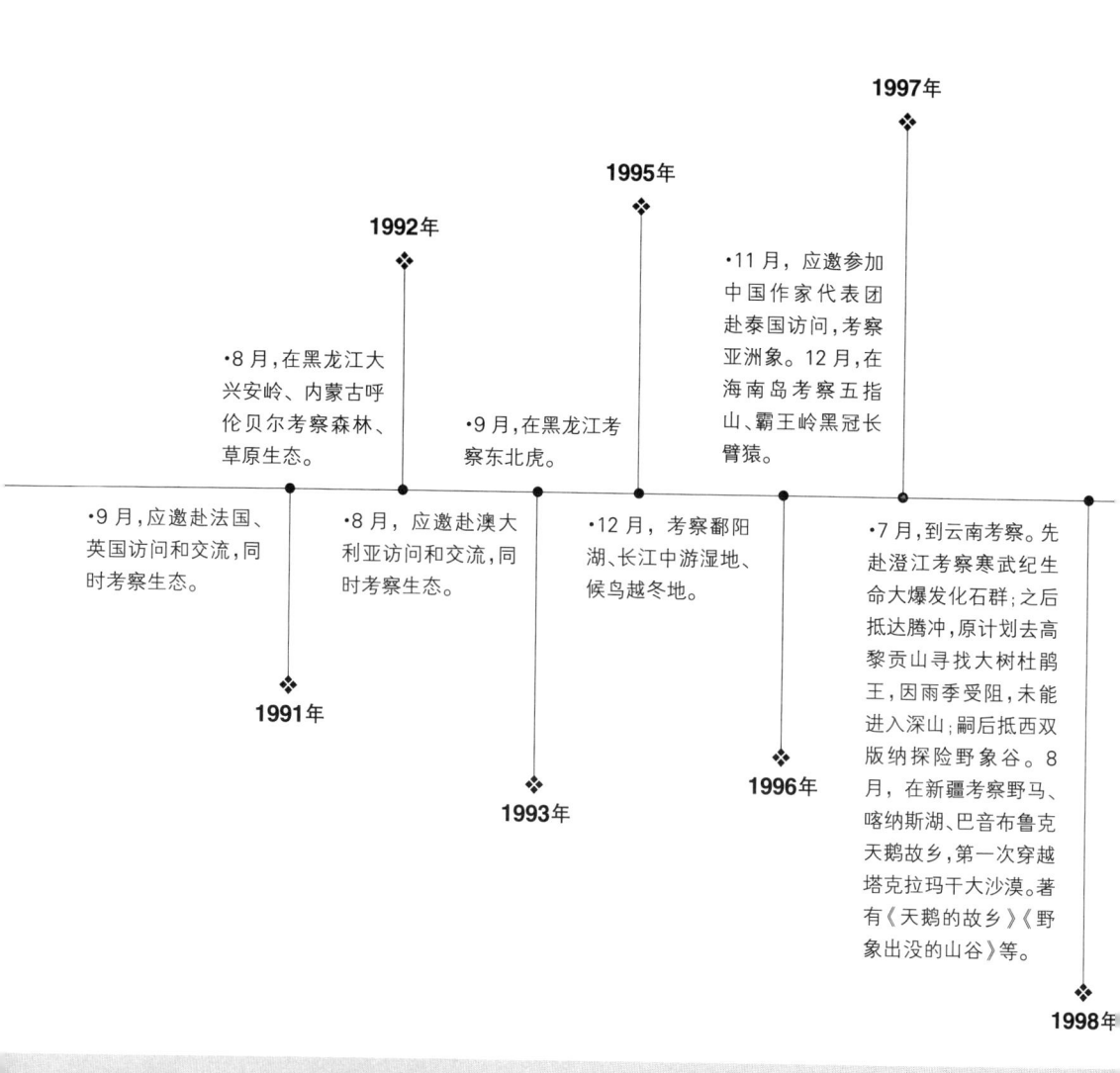

· 8月,在黑龙江大兴安岭、内蒙古呼伦贝尔考察森林、草原生态。

1995年

· 9月,在黑龙江考察东北虎。

1997年

· 11月,应邀参加中国作家代表团赴泰国访问,考察亚洲象。12月,在海南岛考察五指山、霸王岭黑冠长臂猿。

· 9月,应邀赴法国、英国访问和交流,同时考察生态。

1991年

· 8月,应邀赴澳大利亚访问和交流,同时考察生态。

1993年

· 12月,考察鄱阳湖、长江中游湿地、候鸟越冬地。

1996年

· 7月,到云南考察。先赴澄江考察寒武纪生命大爆发化石群;之后抵达腾冲,原计划去高黎贡山寻找大树杜鹃王,因雨季受阻,未能进入深山;嗣后抵西双版纳探险野象谷。8月,在新疆考察野马、喀纳斯湖、巴音布鲁克天鹅故乡,第一次穿越塔克拉玛干大沙漠。著有《天鹅的故乡》《野象出没的山谷》等。

1998年

1999年

• 4月，在福建考察武夷山等地的自然保护区及动物模式标本产地、小鸟天堂，寻找华南虎虎踪。7月，应邀赴加拿大、美国访问和交流，考察两国国家公园。8月，一上青藏高原，主要考察青海湖。9月，在贵州探险，考察麻阳河黑叶猴、梵净山黔金丝猴。著有《黑叶猴王国探险记》《金丝猴的特种部队》。

2000年

• 1月，考察深圳仙湖植物园。5月，考察江苏大丰麋鹿国家级自然保护区。7月，二上青藏高原。探险黄河源、长江源、澜沧江源。由青海囊谦澜沧江源头和大峡谷至西藏类乌齐、昌都、八宿（怒江上游），再至云南德钦、丽江、泸沽湖。沿三江并流地区寻找滇金丝猴。10月，在广西考察白头叶猴。11月，至海南，再次考察大田坡鹿、红树林生态变化。著有《掩护行动——坡鹿的故事》。

2001年

• 8月，应邀赴南非访问和交流，考察野生动植物。

2002年

• 3月，考察砀山。4月，在高黎贡山寻找大树杜鹃王，终于得偿心系二十一年的夙愿。一探怒江大峡谷，但因大雪封山，未能到达独龙江。6月，在湖北石首考察麋鹿。7月，再去江苏大丰考察麋鹿。8月，三上青藏高原，探险林芝巨柏群、雅鲁藏布江大峡谷、珠穆朗玛峰国家级自然保护区。著有《圆梦大树杜鹃王》《峡谷奇观》《麋鹿回归》等。

2003年

• 4月，在四川北川、青川考察川金丝猴、大熊猫、羚牛。8月，应邀访问英国、挪威、丹麦、瑞典，由挪威进入北极圈。著有《谁在跟踪》。

2004年

• 8月，横穿中国，由南线走进帕米尔高原，考察山之源生态、风土人情。路线及主要考察对象为：青海柴达木盆地、察尔汗盐湖→可可西里→雅丹地貌→花土沟油田→翻越阿尔金山到新疆若羌→第二次穿越塔克拉玛干大沙漠→帕米尔高原。10月，随中国作家代表团访问南非、毛里求斯、新加坡。著有《鸵鸟小骑士》等。

2005年

• 7月，横穿中国，由北线走进帕米尔高原，寻找雪豹、大角羊、野骆驼。路线是：甘肃河西走廊→罗布泊边缘→从北线再次穿越柴达木盆地到花土沟油田→回敦煌（原计划进入阿尔金山国家级自然保护区，未成行）→库尔勒→第三次穿越塔克拉玛干大沙漠→托木尔峰→伽师→帕米尔高原→红其拉甫。10月，在重庆金佛山寻找黑叶猴，到沿河土家族自治县再探黑叶猴。著有《走进帕米尔高原——穿越柴达木盆地》等。

2007年

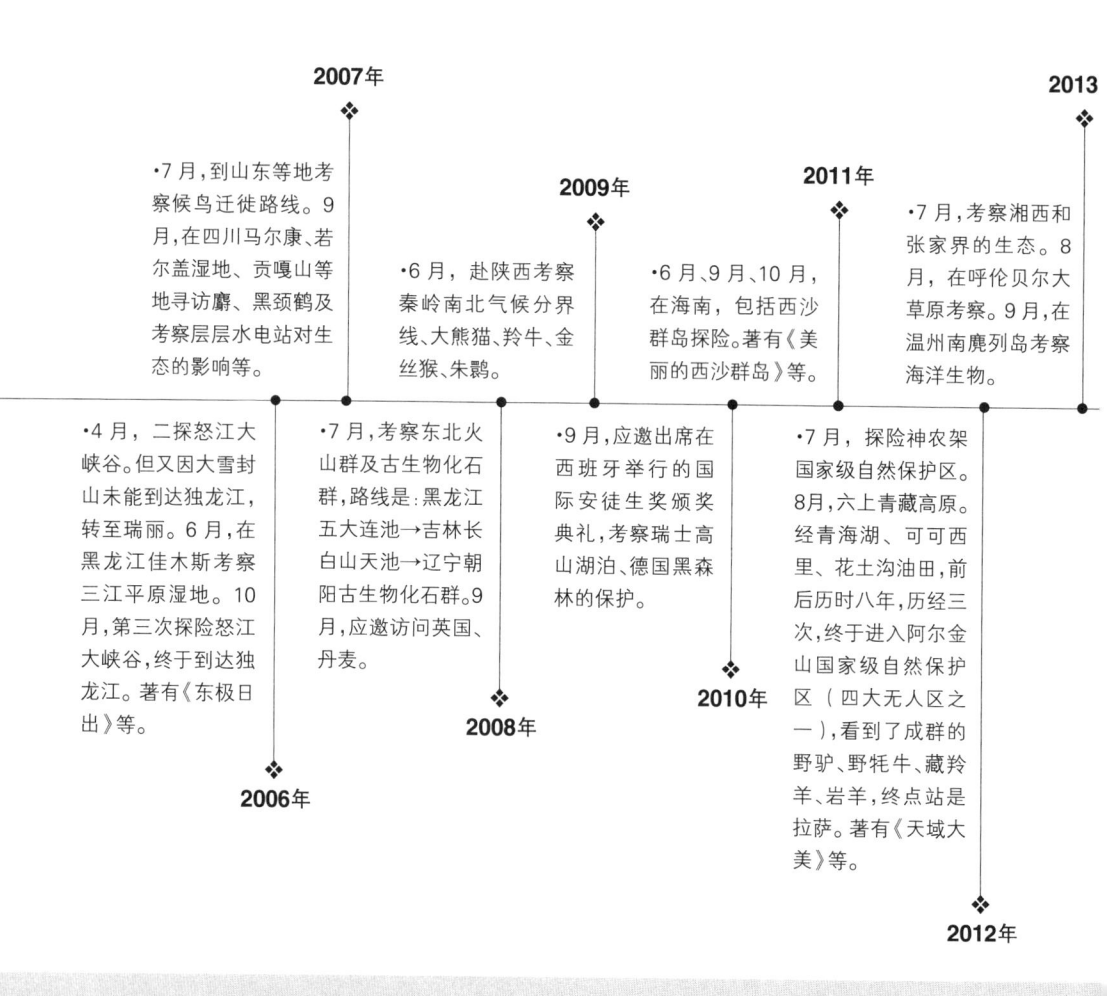

•7月，到山东等地考察候鸟迁徙路线。9月，在四川马尔康、若尔盖湿地、贡嘎山等地寻访麝、黑颈鹤及考察层层水电站对生态的影响等。

2009年

•6月，赴陕西考察秦岭南北气候分界线、大熊猫、羚牛、金丝猴、朱鹮。

2011年

•6月、9月、10月，在海南，包括西沙群岛探险。著有《美丽的西沙群岛》等。

2013

•7月，考察湘西和张家界的生态。8月，在呼伦贝尔大草原考察。9月，在温州南麂列岛考察海洋生物。

•4月，二探怒江大峡谷。但又因大雪封山未能到达独龙江，转至瑞丽。6月，在黑龙江佳木斯考察三江平原湿地。10月，第三次探险怒江大峡谷，终于到达独龙江。著有《东极日出》等。

•7月，考察东北火山群及古生物化石群，路线是：黑龙江五大连池→吉林长白山天池→辽宁朝阳古生物化石群。9月，应邀访问英国、丹麦。

•9月，应邀出席在西班牙举行的国际安徒生奖颁奖典礼，考察瑞士高山湖泊、德国黑森林的保护。

•7月，探险神农架国家级自然保护区。8月，六上青藏高原。经青海湖、可可西里、花土沟油田，前后历时八年，历经三次，终于进入阿尔金山国家级自然保护区（四大无人区之一），看到了成群的野驴、野牦牛、藏羚羊、岩羊，终点站是拉萨。著有《天域大美》等。

2006年

2008年

2010年

2012年

2015年

• 3月,在南海考察珊瑚。8月,在宁夏考察贺兰山、六盘山、沙坡头、白芨滩、哈巴湖自然保护区。著有《追梦珊瑚》《一个人的绿龟岛》等。

2017年

• 4月,在牯牛降考察云豹的生存状况。10月,在福建、广东考察海洋滩涂生物。11月,在黄山市徽州区考察中华蜂的保护状况。

2019年

• 4月,考察安徽芜湖丫山国家地质公园。5月、6月,考察黄山九龙峰省级自然保护区。7月,考察青岛滩涂海洋生物。8月,考察九龙峰省级自然保护区。11月,考察四川攀枝花苏铁国家级自然保护区、宜宾金沙江和岷江汇合处、重庆嘉陵江与长江汇合处。

• 3月,在云南、贵州考察喀斯特地貌的森林和毕节百里杜鹃——"地球彩带"。

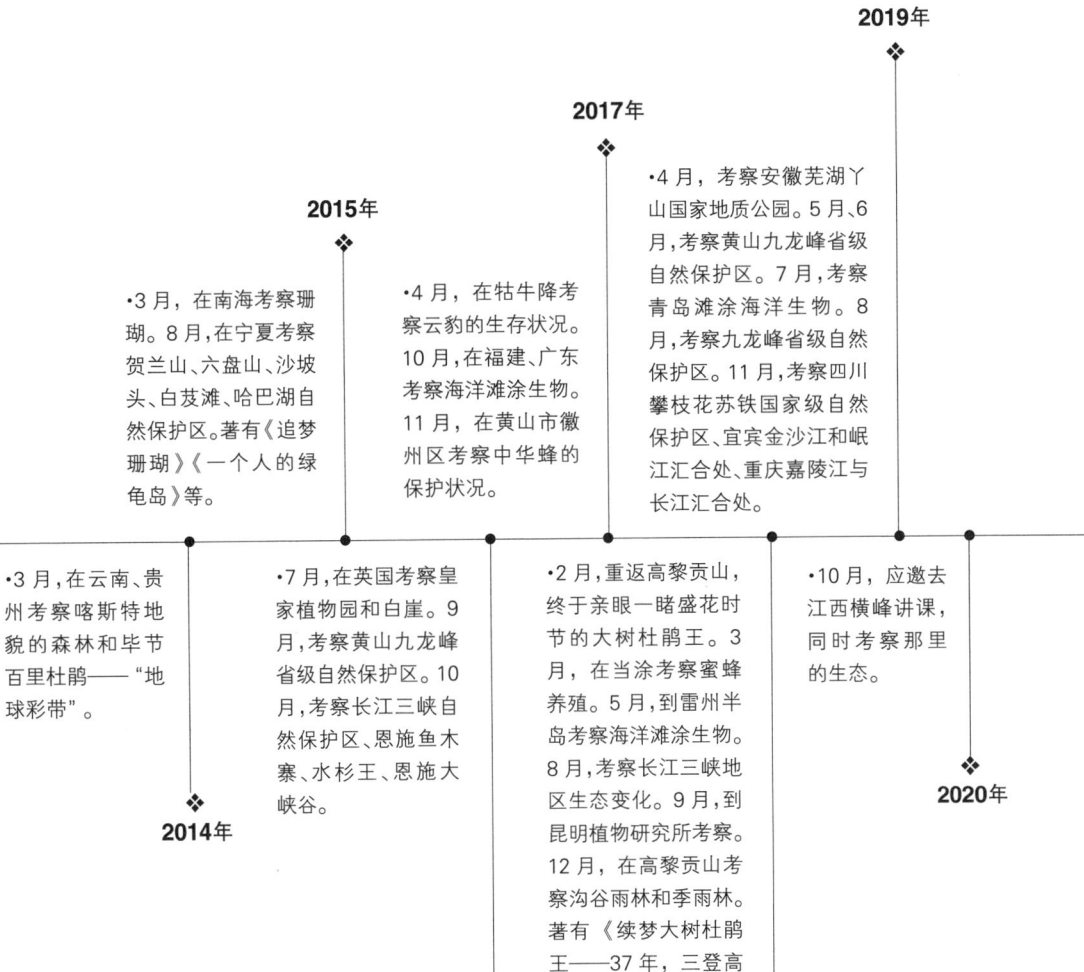

2014年

• 7月,在英国考察皇家植物园和白崖。9月,考察黄山九龙峰省级自然保护区。10月,考察长江三峡自然保护区、恩施鱼木寨、水杉王、恩施大峡谷。

• 2月,重返高黎贡山,终于亲眼一睹盛花时节的大树杜鹃王。3月,在当涂考察蜜蜂养殖。5月,到雷州半岛考察海洋滩涂生物。8月,考察长江三峡地区生态变化。9月,到昆明植物研究所考察。12月,在高黎贡山考察沟谷雨林和季雨林。著有《续梦大树杜鹃王——37年,三登高黎贡山》等。

• 10月,应邀去江西横峰讲课,同时考察那里的生态。

2020年

2016年

2018年

155